幼なじみの顔が良すぎて大変です。

執愛ストーカーに捕らわれました

ルネッタブックス

CONTENTS

Lunetta

プロローグ

都立羽崎《はざき》高校三年B組。綾瀬明里《あやせあかり》は困っていた。

今日も今日とて、隣の家に住む幼なじみの顔が良すぎるからだ。

日本人でも西洋人でもない、完璧に整った透き通るような美貌。

明里の目が潰れてしまいそうなまばゆい笑みを浮かべて、その幼なじみが言った。

「ねえあかりちゃん、放課後ハンバーガー食べに行かない？」

彼の名前は来生光《きすぎひかる》。同じ文系でも明里とは違うクラスの生徒だ。

思えば光は、幼稚園の頃から顔が良かった。とてつもなく可愛かった。宗教画の天使もかくや、という可愛さだった。

『いつか、この完璧すぎる顔面のバランスも崩れてしまい、〝ブツーのイケメン〟になってしまうのだろう』

だが、そんな周囲の予想を裏切って、光はぶっちぎりのハイパー美形に育ってしまった。

しかも手足が長く、スタイルまで完璧にいい。

国内のみならず、海外からもモデルにならないか、と勧誘がくるほどのルックスだ。

光はアメリカ人の父と日本人の母の間に生まれた。

生まれたのはアメリカだが、二歳の頃に明里の家の隣に引っ越してきた。

近所に光の母方の祖父母の家があったからだ。

『俺んちは五人兄弟じゃん？　だからアメリカでは子育てが大変すぎたみたいなんだよね。父方の祖父母はもういないし。だから母さんは俺を抱えて、父さんと三人の兄さんたちを引きずって日本に戻ってきたらしい。んで日本で弟が生まれたわけ』

そんな切羽詰まった理由での日本帰国だったため、光の父は当時ほとんど日本語が話せず、家族は全員英語で会話をしていたらしい。

光とその家族は今も家では英語を喋《しゃべ》っている。父親に日本語があまり通じないからだ。

『そのおかげで二カ国語が話せる』と光は言っているが、子供の頃は日本語がすらすら喋れずに大変そうだったのを覚えている。

アメリカ生まれの光は二十二歳まで国籍が留保中で、本名も『ガブリエル・光・来生・ブラウン』という名前である。この名前でアメリカに国籍が登録されている。

『来生光』という名前は『通称』なのだ。本人としては二十二歳になったら日本国籍を取得し、『来生ガブリエル光』という本名にする予定のようだ。

――光君はどうしても日本人になりたいみたいなんだよね。長年過ごした日本のほうが、光君にとっては馴染《なじ》みがいいのかな。

幼稚園の頃からずっと『来生光』という名前で通しているため、彼の本名を知っているのは、学校内では先生たち以外では明里くらいだろう。

「行こうよ。俺腹減っちゃった」

幼少時のたどたどしさはどこへやら、完璧に流暢《りゅうちょう》な日本語で光は言う。

色素薄めで完璧な顔立ち。まぶしい午後の光に溢れた教室の中で、光は名前どおりに輝いていた。

一方の明里は……といえば、平凡な女子高生だ。

黒いまっすぐな髪が自慢ではあるが、それも光の前では霞《かす》んでしまう。

「あかりちゃんには俺が奢《おご》るよ」

そう言って光が微笑《ほほえ》んだ。

光はモテる。成績は万年首位、運動神経抜群かつこの美貌だから容赦なくモテる。全校生徒にまんべんなくモテるから『共有財産』と呼ばれているほどなのだ。

――二人でハンバーガーはまずいな。抜け駆け呼ばわりされたら、何されるか分かんない。

そう思い、明里は慌ててやんわりと断りの言葉を口にした。

「あ、えっと……弟を学童に迎えに行かないといけないから、今日はちょっと」

いきなり弟を迎えに行っても『なんで今日は姉ちゃんが来るんだよ』と言われそうだが、今回はこの手で逃げよう。

「じゃ、俺も一緒に学童に行く」

光がにっこりと笑った。

笑顔がまぶしい。顔が良すぎる。

この顔は、人類を夢中にさせる謎の魔力を秘めた顔だ。

――気を抜いたら好きになる……惑わされちゃダメ！

明里は、全身全霊で自分にそう言い聞かせた。

光がどのくらいモテるかというと、全校生徒の半分以上、つまり女子のほぼ全員および男子の一部が、光に贈り物をしたことがあるレベルだ。

誕生日、バレンタイン、クリスマス、文化祭、体育祭……イベントごとに光のもとにはラブレターだのプレゼントだのが殺到する。

他校の生徒が、光を校門で待ち伏せしていることも少なくない。

――みんな光君を好きになって、おかしくなっちゃうんだよ、あっぶな……。

明里も、理性では『光は幼なじみだから自分と親しいだけ』と理解している。

なのに、それでもフラッと好きになりそうな自分が怖すぎる。

顔、この顔がすべて悪い。

微笑みかけられると、『好き！』となってしまうこの美しく尊い顔。

フレンドリーなキャラと誰に対しても優しい性格。

さらには頑張って日本語を勉強し、すっかり学校生活に溶け込んでいる努力家なところ。

頭脳明晰、文武両道、容姿端麗《たんれい》、すべてにおいて光はチートすぎる。

——あの超一流の、黎応《れいおう》大学の特待生にまで内定してるし。完璧なんだよ光君は！

神様は光を作るときだけ全力を出しすぎだ。少しは嫌なところを作ってくれればよかったのに。

そう思いながら明里は目を伏せた。

——勘違いして好きになっても、痛い思いするのは私のほうなんだから。

明里は知っている。

光がどんな可愛い子からの告白も『俺は彼女作らないから』と断っているのを。

この美しい男は、今は可愛い女子にも恋愛にも興味がないようだ。

だから明里と仲良さげに振る舞うことで、他の女子からの誘いをかわそうとしている。

今日突然『ハンバーガーを食べに行こう』なんて言い出したのも、追いかけ回してくる誰かから逃げるために違いない。

幼なじみの明里の力を借り、女子をうまく避《さ》ける気なのだ。

「学童、行くんだろ？　早く行こう」

光が、机の上に置いた明里のボストンバッグを手に、教室を出て行く。彼自身は男子に人気の大きなショルダーバッグを下げている。

――いや、だから、自然に女子の鞄《かばん》を持ってあげたりするから大変なことになるんだよ。君もそろそろ学習しよう？　お父さんが徹底的にエスコートを仕込んでるから無理かな⁉

校内では『ヒカルくんに関する抜け駆け厳禁』の協定が為《な》されている。

この協定の発令者はミス羽崎高校、Ａ組の森ケ崎亜子《もりがさきあこ》だ。

森ケ崎も、光ほどのレベルではないが大変な美人である。そして魑魅魍魎《ちみもうりょう》の足の引っ張り合いと化しているミスコンを勝ち抜けるほど気が強い。

その森ケ崎が先日、明里に言った。

『綾瀬さぁ、いくら幼なじみとはいえ、ちょっとヒカルくんとの距離、近すぎない？』

『近づきたくて近づいてるんじゃない……けど……』

――君らが執拗に追いかけるから、光君が困ってるんだよ。

そう思いつつ曖昧《あいまい》に抗議しようとしたとき、大学受験の校内推薦入学のことが頭をよぎった。

明里は推薦入学で、名門女子大への進学が決まっている。

この性格の悪い女とモメて、大学への推薦入学を取り消しにされたくない。

光の近所に住む『幼なじみのモブ女』として、つつがなく卒業したい。

だから明里は答えた。

『うん分かった。来生君と仲良くしすぎないようにする』

――どうか今日は森ヶ崎さんに会いませんように……！

念じながら、明里は廊下で光に追いついた。

「鞄は自分で持つね」

明里は光の手からボストンバッグを取り返した。

光が不思議そうに尋ねてくる。

「あかりちゃんの鞄、何入ってるの？　重いね」

「うーん……うーん……何が入ってるんだろう……」

光に話しかけられると頭がボーッとなって、何も考えられない。

自分が舞い上がっているのが分かる。

家が近所で、幼なじみの明里でさえこうなのだ。他の女子生徒は、どれほど心臓バクバクな思いをさせられているのだろう。

――しっかり思い出せ、私、自分の鞄の中身だぞ！

必死で己を叱咤《しった》するものの、光を意識してしまって頭が回らない。

怖い。この幼なじみが怖い。

「パソコンが重いのかな？」

ようやく理由が一個だけ出てきた。

「他にも手に塗るいい匂いのヤツとか、髪につけるヤツとか、いろいろ持ってるんじゃない？」

そう言って光が笑った。

光は背が高い。百五十五センチの明里より頭一つ分以上高い。

二人で並べば思い切り彼を見上げる羽目になる。

明里を見つめてくる光の薄茶の目は長いまつげに囲まれ、作り物のように澄み切っていた。

見ているだけで吸い込まれそうな美しい目だ。

この目に何人の生徒が犠牲になったのだろうか。

「あかりちゃん、あのさ……もうすぐ卒業じゃん、俺……」

光が何か言いかけたとき、背後で声が上がった。

「綾瀬！」

鋭《するど》い怒りの声。森ヶ崎だ。

校内の顔がいい男子をすべて支配下に置かないと気が済まない、羽崎高校の女王様。

「それからヒカルくんも！　今から綾瀬と一緒に帰るのぉ？」

——私を呼ぶときと声が違いすぎだよ！

内心で突っ込むが、全面衝突はご遠慮したい。森ヶ崎は敵に回すと面倒だからだ。

どうか卒業までのあと半月、無事平穏に過ごさせてほしい。

「たまたま同じ廊下を歩いてただけだよ」

明里は森ヶ崎と目を合わせずに答える。

「そうなんだ。ね、ヒカルくん、一緒に帰ろ？　あのさぁ、二人でさぁ……」

どうやら、攻撃性の塊《かたまり》のような女王様にお目こぼしいただけるようだ。

あとはこの場を即刻立ち去りさえすればいい。

そろそろとその場を離れようとした、そのときだった。

「あかり」

光の声が聞こえる。

——え？　なんで急に呼び捨てにするの……？

冷や汗まみれになって振り返ると、光が輝くような笑みを浮かべて明里に言った。

「あとで俺んちでセックスしよ」


——はっ！　夢！

汗だくになって明里は飛び起きる。

綾瀬明里、二十五歳。大学を出たあとは東京《とうきょう》に戻って就職し、実家に帰らず一人暮らしをしている。

今のは高校の頃の夢だ。

——夢かぁ……よかった……。

明里の身体は布団の中でガチガチにこわばっていた。

それにしても恐ろしい夢だった。この夢は実体験だ。

おそらく高校時代に味わった事件の中で、一番恐ろしい事件だっただろう。

――ま、まあ、私はその後、無事女子大に進学したし、就職もしたし、結果よければすべてよし。

自分にそう言い聞かせ、明里は布団の中で丸くなる。

あのあとは、阿鼻叫喚《あびきょうかん》だった。

半狂乱になった森ヶ崎が、明里と光を引きずって職員室に突撃し『この二人セックスしてます！』と絶叫するわ、光は『知らない。そんなこと言ってない』の一点張りだわ。

明里は、光の口から出た言葉の衝撃も覚めやらぬまま、教師たちに『森ヶ崎さんと来生君がケンカしていました』と嘘《うそ》を言い続ける羽目になった。

その後『セックスしよう』という言葉に動揺しすぎた明里は、光を呼び出して『もう光君なんか大っ嫌い！』と本人に言ってしまったのだ。

冷静に考えれば嘘だと分かる。

なぜなら光の家には二人きりになれる場所などないからだ。

――五人兄弟だもんね。光君は弟さんと同じ部屋だったもの……なのに私ってば……。

光はそれから卒業式まで、二度と近づいてこなかった。

あんなケンカをしてしまったから、落ち着いて『さよなら』『いってきます』も言えないまま、明里は関西に発つ羽目になったのだ。

——まあ、なんていうか、全員幼かったよね。

そのひと言に尽きる。

きっと光はあのとき森ヶ崎から逃げたかったのだ。

なのに明里は幼くて、彼と口裏を合わせて適当にその場をしのぐことができなかった。

そのうえ『大っ嫌い』などと宣言してしまっては、合わせる顔もない……。

——はー、思い出すと黒歴史が疼《うず》く。なんであんなに余裕なかったんだろ？　まあ、光君もふざけすぎだと思うけど。

大学生になってからは、光と会うことは一度もなかった。

明里が推薦合格した女子大は、実家のある東京ではなく、関西にあった。母の憧れの名門女子大で、両親は明里がこの大学に通えることをとても喜んでくれていた。

——お盆もお正月も会えなかったね。やっぱり……大っ嫌いなんて言っちゃったから……。

何度後悔しても、口から出てしまった言葉は取り消せない。

そのあと明里には初めての彼氏ができて、別れて、また彼氏ができて別れた。

極めて普通の女子大生で、ＯＬだった。

明里は歴代の二人の彼氏を思い出す。

——ま、フツーの人たちだったな。浮気する前に『他に好きな人ができた』ってちゃんと言ってくれたし。

だから明里も『いいよ、分かった』と別れることができたのだ。

思えば二人の元彼とは薄い付き合いだった。結婚も一度も考えなかった。振られたあとはしばらくそれなりに悲しかったが、それだけだ。

振られた理由には心当たりがある。具体的に言えばセックスを拒《こば》んだことだ。

寮暮らしであることを理由にお泊まりを拒み、二人きりになってもキス以上を拒んだ。

だから振られたのである。よく分かっている。

でもそこまで好きではない男とはしたくなかった。

男女交際については、明里のせいで終わったと言っていいだろう。

ゆえに明里は未だ処女である。

――もう元彼の名前すらもとっさに出てこないな。光君に大っ嫌いって言っちゃったことのほうが、ずーっと頭から消えないよ。

というわけで明里は平和に暮らしてきたのだ。

美しすぎる幼なじみに振り回される必要などなく、平凡で大人しい綾瀬さんとして、波乱のない堅実で単調な日々を送っていたのだ。

今は社会人として独り立ちしたので、実家ではなく、会社に通いやすいマンションを借りて暮らしている。

大学時代は寮だったので門限も厳しく、食事も世話されていたが、今は生活のすべてが完全な自己責任だ。

——休日はひたすら寝てても怒られないから、自分でちゃんとしないとダメ人間になっちゃう。

ベッドの中でうだうだしていたとき、スマートフォンが鳴る。

——ん……？　なんだろう、メッセージ来た……？

明里はのろのろと枕元のスマートフォンを手に取った。

そしてメッセージアプリをスクロールし、絶句する。

『俺の北米転勤に妻として付き合わないか？』

「はぁ？」

思わず声が出た。

スマートフォンに届いていたのは、二年前に別れた元彼、一ノ瀬《いちのせ》からの勘違いメッセージだったからだ。

第一章　聖地帰還

三月末の某日。

乱気流のただならぬ揺れで、光《ひかる》は目を覚ました。慣れているので驚くことはない。飛行機のエコノミークラスに子供の泣き声が響いている。

英語の機内アナウンスが流れ『シートベルトはまだ外さないでください』と告げていた。

光は窓にもたれかかり、眼下の雲海をぼんやりと眺《なが》めた。

――あかりちゃん……元気かな……。

寝ても覚めても、光は初恋の女の子のことばかり考えている。

『だいじょうぶだよ。ひかるくんはがんばってるから、にほんじんになれるよ』

アメリカ人でもなく、日本人でもない光をそう励《はげ》ましてくれた世界一可愛い女の子。

それが綾瀬明里《あやせあかり》だ。

機内Ｗｉ－Ｆｉに接続してアプリで現在位置を確認すると、ちょうど関西の上空を通過中だった。

関西は光にとって尊い場所である。

明里が四年間の大学生活を過ごした聖地だからだ。

とにかく、明里が過ごした場所はすべて尊いので聖地認定が欠かせない。

明里が通った女子大の構図をＨＰで見ては『あかりちゃんはどの教室で勉強しているんだろう』と想像し続けた日々を思い出しながら、光はあくびを噛《か》み殺す。

――俺も行きたかったな、あかりちゃんが大学時代を過ごした関西。

だが光の家には、五人息子を全員下宿させるほどの余裕がなかったのだ。

『できれば奨学金をもらって大学に行ってくれると嬉《うれ》しい』

中二のときに両親からそう言われ、光は必死に勉強した。なぜなら明里は成績がよく、大学では日本史を勉強したいと公言していたからだ。

――俺が大学に行けなかったら、そこであかりちゃんの彼氏になれる確率は下がる！

実家はそこまで貧乏なわけではない。

男五人の兄弟がひしめき合っているのが駄目だったのだ。

料理上手な母がどんなに工夫しても日々の食費は膨大な額にのぼり、家計は危機だったらしい。

父は普通の外資系サラリーマン、母は専業主婦なのだから仕方がない。

そのため光はひたすら勉強と運動を頑張った。

もとからどちらもそんなに不得意ではなかったが『学校で一番』ではなく『県でもトップクラスの成績』になるように努力した。

そして明里の志望校である難関校、都立羽崎《はざき》高校に進学したのだ。

——あかりちゃんは『同じ高校だ』って驚いてたけど、俺が追いかけていったと知ったら……やっぱり気持ち悪がるだろうな。

光はそこでも首位の成績をキープした。

優秀で素行のいい生徒でなければ名門大学の特待生にはなれない。

だから必死に勉強し、素行に気を遣って『なんでもできる生徒』として振る舞った。

——近づいてくるヤツらに『うぜえ』ってキレることができなかったのも、内申のためなんだ。

高校時代は、全国模試で一桁の順位を取ったこともある。

そのくらいのランクの高校生でなければ大学側は『お金をあげるからうちにおいで』なんて言ってくれないのだ。

光は『全国模試一桁』の成績と学校からの推薦状で、家から通える名門私大に特待生申請をし、数多くのライバルを蹴落《けお》として受理された。

そして大学では法学部に首席入学し、首席卒業した。

高校入学から大学卒業まで一度たりとも気が抜けない日々だった。

——だって成績が落ちたり不祥事を起こしたら、給付金打ち切りだしな。

大学では分厚いフェイク眼鏡を掛け、髪型はダサい茸《きのこ》型にして、服装も信じられないくらいダサくして、必死に女性を避《さ》けて過ごした。

もうモテたくなかった。学生生活においてはモテ要素など一つもあってはいけなかったのだ。

『頭を茸そのものにしてください』

謎のヘアスタイルをオーダーしてくる光に怯えながらも、美容師はパーマやカットを駆使して毎回最悪の髪型に仕上げてくれた。

『思いっきりダサくするなら色はブラックがいいですよ』とお勧めされたので、生まれついてのアッシュブラウンの髪はつやんつやんの黒髪だった。

大学時代に明里に会えなかったのは、髪型が黒茸だったからだ。

あんな自分は見られたくない。

恋する男として『最高に格好いい自分』を見てほしかった。

だが『最高に格好いい自分』になると謎の女性たちが湧いてきて、『光君は私たちの共有財産だ』と言いながらしつこい個別アプローチをしてくるのでどうにもならない。

八方塞《ふさ》がりとはこのことである。

むなしい大学四年間を過ごしたあと、光は外資系のコンサルティング会社に入社した。

在学中、インターンで入ったその会社で担当役員に気に入られ『ぜひ、普通の髪型にしてうちの会社に来ないか』とオファーを受けたからだ。

――冗談抜きで茸みたいな頭してる変なガキだったのに、会社は俺の能力を評価してくれたんだな。芸術家肌だとか勝手に誤解されてたけど。

そして入社し、フェイク眼鏡を外してヘアカラーを止め、髪型を常識的なものに戻すと、すぐに北米に転勤を命じられた。

新卒向けプログラムやマナー研修も北米支社で受けた。

今日は二年ぶりに日本に帰れる日だ。

日本支社から、光の所属する北米支社に『若手を一人日本へ送ってくれ』という依頼がきたので『俺が行きます』と自ら手を上げたのだ。

去年の正月は多忙すぎて帰れなかったので、本当に久しぶりの日本だ。

――時間があったら、あかりちゃんに会えるかな？

彼女に会うには勇気が必要だ。なぜなら光は、暴言のせいで明里に嫌われているからだ。はっきりと『大っ嫌い』と言われている。

高校時代のあの日。何日かぶりにようやく明里と二人きりになれた日。光は勇気を振り絞って明里に告白するつもりだったのだ。

常に女生徒に囲まれていた光には、明里とは二人きりになれるチャンスが滅多になかった上、明里本人のガードも堅かった。光と二人でいればいじめられるのだから無理もないが。

だが卒業前に告白しなければ、明里はすぐに関西に引っ越ししてしまう。だから焦《あせ》っていたのだ。

──今思えば、家に帰ってから呼び出して告ればよかったんだよな。

己の余裕のなさを思い出すと、冷え切った窓に爪を立てたくなる。

──だけどアレはないよな。『セックスしよ』は。さすがのあかりちゃんも話を合わせてくれずに怒っちゃった。はぁ……なんであんなことを……本音が混じってるのに気づかれて、嫌われたんだろうな。

あの日から光はずっと後悔している。

明里のことが昔から好きだった。

だが、光が近づけばなぜか明里がいじめられる。

邪魔な誰かが割り込んできて『来生君《きすぎ》はみんなの共有財産だから！』と言われる理不尽な環境だったのだ。

『俺は共有物ではないし、人並みに好きな人もいる』

そう言い切れたらどんなによかっただろう。

でもそれを口にしたら、傷つけられるのは光ではなく明里のほうで。

好きすぎて近づいてしまえば、明里が友達から嫌味を言われる。明里が『ヒカルくんと仲良くするな！』と詰め寄られる姿を見て黙って立ち去ったことも一度や二度ではない。庇《かば》いたかった。でも庇えば明里が……。

――さすがに社会人になれば、あそこまでウザく絡まれることもないよな?

そう思いながら光は飛行機の窓に頭をくっつける。

手にしていたスマートフォンに目を落とし、保存されている写真を開いた。

――あかりちゃん。相変わらず可愛い。

光はスマートフォンの画像を見つめ、うっすらと笑みを浮かべた。

居酒屋でピースしてジョッキを持っている明里の写真は、とある『女スパイ』から送ってもらったものである。

明里の写真を送る代わりに、イケメンで金がある男がいたら紹介してくれ、と『女スパイ』から取引を持ちかけられたのだ。

――こそこそ写真なんて集めてかっこ悪いよな。でもあかりちゃんの顔すら見られないなんて、生きていても何も楽しくないし。

明里が傷つけられるのは絶対に嫌だ。

だけど振り向いてもらえないのも嫌だ。

周囲はどうして光が明里に近づくことを『公平ではない』と言うのだろう。

そうやって引き離されている間に、事態はどんどん最悪になっていったのに。

光の脳裏におぞましい報告がよぎる。

『綾瀬には元彼が二人いるってよ。どっちからも振られたって』

女スパイからのメールを思い出し、光は拳《こぶし》を握った。

明里はモテるのだ。

可愛いからモテるに決まっている。

光も良くも悪くもモテるほうだが、自分のモテは『地獄の地引き網』のようなものなので嬉しいと思ったことは一度もない。

——あかりちゃんの元彼……ッ……どこかの男共があかりちゃんとセッ……殺……あかりちゃんを振るなんて女を見る目がないクソ野郎！　だが別れたのなら許す。

そう思いつつ光はもう一度窓の外を見た。

雲が切れ、大地が見える。

日本だ。もっと高度が下がってくれば川や山、街並みなども見えてくるだろう。

——あかりちゃんに会いたい。家は隣同士だし会ってくれるかな。俺のことまだ怒ってる？

光の大きな目には、ただ焦燥の色だけが浮かんでいた。

——会社に顔を出したら、すぐにあかりちゃんの家に行こう。あかりちゃんは大学を出て東京《とうきょう》に戻ってる。実家を離れて暮らしているらしいけど……なんとかして会いたい。

その後どうやって入国審査やら荷物待ちをしたのかほとんど記憶に残っていない。

ホテルに荷物を置き、日本支社に顔を出したあと、定時後に光は一目散に実家の隣にある明里の家に向かった。

「あーーーら！　光君っ！　さらに男前に磨きがかかったじゃないのぉ！」

アポもなく突撃した光を、明里の母が明るく出迎えてくれる。

「あかりちゃんに会いに来ました」

「いないわよ。あの子一人暮らししてるから」

すでに女スパイから『家を出て一人暮らししているよ』という曖昧《あいまい》な情報は得ている。

だが知らないふりをしなければ。

「え、そうなんですか？　知らなかった。ここに来れば会えると思っていたのにな」

光はわざと残念そうに言う。

今すぐ明里が一人暮らししているという家を聞き出し突撃せねば、という思いと『いきなり押しかけたら相当キモいと思われるぞ』という自制心が光の中でせめぎ合う。

「そうなの。あの子大学出てからずっと一人暮らししてるのよ。やだー！　光君ますますイケメンになっちゃってもう！　すごいわ！　もしかしておばさんにもついでに会いに来てくれた？」

明里の母が頬を染めて嬉しそうに尋ねてきた。

――くっ……おばさんを失望させるわけには……っ……。

『あかりちゃんはどこにいるんですか？』

その質問を封印し、光は渾身の愛想笑いで答えた。

「もち……ろんです」

「やだー！　やだパパ！　勇気《ゆうき》！　光君がアメリカから帰ってきたわよ！」

なぜか明里以外の家族に歓待されながら、光は心の中で同じ台詞を繰り返していた。あかりちゃんはどこにいるんですか、と。

「おお！　光君、相変わらずアイドルみたいなイケメンだなぁ」

明里に目元が似た彼女の父が、嬉しそうに家に招き入れてくれた。

「ちょっとお父さん、光君はアイドルなんかよりずっとイケメンよ」

「そうか？　そうかもなぁ。しかし相変わらずいい男だなぁ」

「親父もお袋もぎゃあぎゃあうるせーよ……お久しぶりです」

明里にそっくりな超可愛い弟も、照れくさそうに挨拶《あいさつ》してくれる。

「聞いてよ光君、勇気がもう高校生になったのよ」

「へえ、時が経つのは早いですね」

明里からは七年間完全無視され塩対応を受けているのに、家族は泣きたくなるほど光に優しい。

逆のシチュなら嬉しいのだが、明里のいた空間で息をしていると思うとそこまで悪い気はしない。明里の成分が壁や床に残っているかもしれないからだ。

——目立たないように深呼吸……！

「ねえ、光君、うちで夕飯食べてく？　ご実家で食べる約束しちゃったかしら？」

「いえ！　大丈夫です！　嬉しいな、おばさんの手料理なんて」

夕飯など、ここと実家で二回食べればいいのだ。

明里の家の箸《はし》はもしかしたら共有かもしれない。運が最高に良ければ明里が過去に使った箸が光のところに回ってくるかもしれないのだから。

「ねえ聞いて、光君。うちの明里ねえ、合コン行ってるみたいなの。あの地味だった子が土日はいつも友達とお酒飲みに行ってるのよ」

「へえ、死にたいですね」

「えっ？」

本音が出てしまった。光はコンサルタントとして鍛え上げた面《つら》の皮で、何事もなかったかのように言い直す。

「うらやましいですね、楽しそうで。俺も誘ってくれないかな」

内心の動揺を押し隠してにっこり笑うと、明里の母が嬉しそうに言った。

「そうよ。光君も遊びなさいよ。なんなら明里がもう遊ばないように捕まえちゃってよ。光君がもらってくれるならいいわよね、ね？　お父さん」

「嬉しいな。あかりちゃんなら大歓迎ですよ」

廊下に頭を打ちつけて『今日からお義母《かあ》さんと呼ばせてください！　お義母さん！』と絶叫

したいのを堪え、光は愛想良く相づちを打つ。

「うーん……嫁にやるにはまだ早い」

明里の父が渋い顔で答えた。その様子に明里の弟と母が同時に笑い出す。光も二人に合わせてニコニコと笑顔を作ってみせた。

この分なら明里には『家族に紹介している彼氏』はいなそうだ。隠しているだけかもしれないので喜びすぎは厳禁だが。

『あかりちゃんはどこにいるんですか？』

そうして肝心のひと言が言い出せないまま、光は明里の実家で夕飯をごちそうになったのだった。ちなみに、出されたのは割り箸だった。

◆

それは、明里が今の大手映像配信サービスの会社に入社して、三年目のことだった。

「今日は飲もーー！」

誰もが振り向く美女の森ケ崎《もりがさき》が元気いっぱいに拳を突き上げる。

明里は高校時代からの腐れ縁、森ケ崎亜子《あこ》と居酒屋で肩を並べていた。

あんなに仲が悪かったのに。友達になりようがないくらい性格が悪い女だと思っていたのに。

今では高校時代の友人で一番仲がいいのが森ヶ崎である。

人間とは分からないものだ。

「森ヶ崎は何飲む？　私はカシスオレンジ」

「じゃあ私、大ジョッキ生！」

森ヶ崎との再会は、二年前。

実家近所のスーパーでばったり会ったのだ。

彼女の薬指には、明里でも知っている高級ブランドのリングがダイヤモンドのリングと重ねて嵌《は》められていた。

着ている服にも、これまた同じくブランドのロゴがぎっしり印刷されている。

どう見てもセレブな人妻そのものだった。

そんな彼女がどうして、下町のスーパーで大根を買っているのだろう。

『え、森ヶ崎、結婚したの？　おめでとう』

『まーね、もうすぐ離婚するけどね。今は実家に戻ってんの。あんたは？』

森ヶ崎が疲れきった顔で答えた。

『私は単に正月だから帰省してきただけだよ』

森ヶ崎は短大卒業と同時にセレブ家系の医者と結婚したものの、夫のマザコンと義母の過干渉に嫌気が差して離婚することになったらしい。

今は実家に身を寄せ、ネイルスクールに通ったのちにサロンに勤務しているという。

――時の流れの速さが私の十倍なんだけど……？

それにしても驚きである。

高校時代から『私は美人だからいい男と結婚する』が口癖だった彼女が、好条件のお医者様とあっさり離婚するなんて。

『え……旦那さん、マザコンなうえに看護師さんと浮気した……の……？』

開いた口が塞がらない明里に、森ヶ崎が淡々と言った。

『そーそー、一生付き合う男がアレだと厳しいかなって思ってさあ』

『旦那さんは今何してるの？』

明里の問いに、森ヶ崎はシニカルな笑みを浮かべて吐《は》き捨てた。

『知らん。大好きなママに〝出て行く女なんかに慰謝料は払わなくていい！〟って言われてさ、ママの言うこと素直に聞いてそのまま音信不通だよ』

『えぇ……？　お医者様でしょ、お金あるよね？　浮気したんだから旦那さんが有責だよね？』

『そうなんだよ。だけどママが払わなくていいって言ってる以上、何もしてくれないよあいつ。キモ。浮気相手に熨斗《のし》つけてくれてやるわ』

『もはや愛情の欠片《かけら》もないじゃん！』

そう突っ込みを入れたくなるほど『愛が冷めた妻』の口調は冷たかった。

その後、森ヶ崎とは連絡先を交換し、なんだかんだと飲み友達になったのである。

今日の森ヶ崎はバッチリカラコンを入れ、つけまつげもつけて完璧な美女スタイルである。羽織っているコートは別れた夫にかつて買わせた高級ブランド品だ。

――スタイルも抜群だし、本当にモデルみたい。

一方の明里は量販店で買ったダウンジャケットにニットとデニム。傍《はた》から見ても『この二人はいったいどういう友人なのか』と言いたくなる組み合わせだ。

「あのさぁ、私って顔は可愛いけど性格悪いから、あんまり友達いないじゃん？」

「うん」

――あっ、しまった。

素直に口が滑ってしまった。

「いやそこは否定してよ。そこでさらに、高収入高学歴なイケメンの医者と結婚して、自慢しまくったせいで、さらに友達が減ってさぁ」

――そうだね。

まさか口に出す訳にもいかず、明里は心の中でそっと呟《つぶや》く。

森ヶ崎は本当にキャラが濃くてある意味憎めない。ひどい女でも貫き通せばそれは美学になるのかもしれないと思える。

「でも綾瀬って淡々と私の話聞いてくれるから感謝してるんだよねぇ。綾瀬って、あんまり人のことうらやましがったり、過剰に『ざまあ』って思ったりしないでしょ？」

大ジョッキで酒を呷《あお》りながら森ケ崎が言う
「まあ……人は人、自分は自分だから……」

森ケ崎の人生に対しては、それ以上のコメントをしようがない。

「そこがあんたのいいところなのよ。私の昔の『友達』って、なんだかんだマウントし合う相手だったんだなって今は思ってるんだ」

——大人になったな、森ケ崎。

明里はしみじみ思いながらカシスオレンジを飲んだ。

「でね、私はマウント合戦に負けて、そこで争い合うことのむなしさに気づいたわけ」

言い終えた森ケ崎は、すでに大ジョッキを空にしていた。

——私が知ってる中で、一番アルコールに強い人間だな。

「すみませーん！　おかわりー！」

森ケ崎が巨大なジョッキを掲げて店員を呼び止めた。明里も慌てて言い添える。

「あ、私も中ジョッキください」

やっぱり次は自分もビールにしておこう。

スタイル抜群の美女に目の前でこんなに美味しそうに飲まれては、あえてちびちびカシスオレンジを飲んでダイエットを気遣っている自分が阿呆らしい。

「んでなんだっけ？　綾瀬に元彼から連絡あったんだっけ？」

森ヶ崎の問いに、明里はうなずく。

「そう。地味にイライラしてるんだよね」

二年ほど前に一方的に明里を振って別れた男が『俺の北米転勤に妻として付き合わないか？』と言ってきたのだ。

『めんどくさい』

それが明里の感想だ。

「憂鬱で仕方ないよ。元彼に時間を割きたくないんだけど」

心の底から言うと、森ヶ崎が尋ねてきた。

「あっちからフッてきたんでしょ？」

「そう。大学出て、私がこっちに戻ってきたでしょ。遠距離になってしばらくして別れちゃったんだ。あっちから『好きな人ができたから』って言われて」

「綾瀬らしい淡々とした別れだね」

「私らしいかどうかは分からないけれど、とにかく特に問題もなく別れたの。それなのに二年ぶりに連絡取ってくるのがなんか嫌でさ。しかも内容が最悪じゃない？」

そう答えると、森ヶ崎は大ジョッキを一気に呷り、嬉しそうに言った。

「分かる！　別れた男とより戻す気はないわ。どんなに金持っててても未練ないもん、あはは！

飲み放題っていいね！」

そう言うと、森ケ崎はにっこり笑って残りのビールも飲み干した。

――ペースが速すぎるけど……まあいいか。

声が大きく美人の森ケ崎を、さっきからちらちらと何人かのサラリーマンが見ている。

だが本人はまったく気にした様子もなく、明里に言った。

「んであんたの話だけどさ、別れに『なんの問題もない』って絶対おかしいって。私、別れ話のときは、旦那ぶん殴ったからね、悪いけど」

「おかしいかな？」

「うん、おかしい。どーせ綾瀬のことだから、物分かりよく『いいよ』って言って別れたんじゃないのぉ？」

新たに運ばれてきた大ジョッキを受け取り、森ケ崎が言う。

「……それは、そう。森ケ崎の言うとおり」

「なんで怒ったりゴネたりしないわけ？　あっちから切り出されたんでしょ？」

「どうでもよくなったんだよね」

心の底から明里は答えた。

『どうでもいい』

それが別れた彼氏たち二人に対する明里の本音である。

「物分かり良すぎ！　浮気するヤツには一発、鉄拳制裁が必要なんだって」

明里はそこでため息をつき、小声で答えた。

「うーん、怒るほど感情が動かなかったんだよね……」

多分好きになって、自分から告白して付き合ったのではなく、好きと言われて『好きになれるかな』と思って付き合った相手だからだ。

明里は森ヶ崎に尋ねた。

「自分が好きな人と付き合える人って何割くらいいるのかな？」

「えー、三割くらいいじゃん？」

森ヶ崎がジョッキを飲み干しながら答えてくれる。

「じゃあ残りの七割は？」

「告白されて『相手はいい人そうだし付き合ってみよう』って思うタイプと、私みたいに『金持ちが好き、顔がいい男が好き』な条件優先のハンタータイプ。全員が全員、恋をしているから男女交際に至るわけじゃないと思うよ？」

「だよね……」

告白されて、もしくは告白して付き合って、結婚して人生を共にする。

それはまったく不自然なことではない。

明里もそれが当たり前の生き方だと思っている。

「あのさぁ、綾瀬は私の次くらいには美人なんだから、もっと自分を高く売りなよ」

大袈裟《おおげさ》な身振り手振りで森ケ崎が言った。

いい感じに酒が回っているらしい。

「まあ高く売っても私みたいに離婚する場合もあるけどさ」

森ケ崎の悪びれない態度に明里は噴き出した。

「離婚して本当に惜しくなかったの？　すっごいいろんなモノ買ってくれたんでしょ？　森ケ崎はそういう人と結婚したいって言ってたじゃない？」

森ケ崎はすでに空いたジョッキを手に小さく首をかしげた。

「そうなんだけど……私は自分で予想していた以上に浮気とマザコンがキモくて嫌いなんだって分かったんだよね。その嫌悪感は大好きなお金でもカバーできなかった感じ」

しばし考え、明里はさらに問いを重ねた。

「じゃあ森ケ崎は、顔が好きな男と性格が好きな男のどっちを選ぶべきだと思う？」

「頭に浮かぶ回数が多いほう」

森ケ崎は自信たっぷりにそう答えた。

「人間って正直だからさ。顔が好きだろうが性格が好きだろうが、好きなものが好きなんだよ。理屈じゃないから本能で決めたほうがいい」

「うーん……そっか……本能か……」

そう答えると、森ケ崎は頬杖《ほおづえ》をついて真顔で言った。

「私はとにかく元旦那の『条件』が好きだった。付き合ってる頃は寝ても覚めても元旦那の条件の良さが頭から離れなかったもん。私のこと好きで誠実で金のない平凡な男より、セレブで医者な元旦那が輝いて見えたの。すみません、お代わりくださーい！　大ジョッキ！」

「なるほど……」

意外と説得力のある言葉に明里はうなずいた。

「どんな生き方が正解なんだろうね。どう生きた人が正しいんだろう？」

「最後に幸せになった人じゃない？　死ぬときに幸せな人が正しいんだと思う。私、どんな手段でもいいからとにかく金持ちになりたいもん」

明里は笑って、まだまだ残っている中ジョッキを飲んだ。

「お金は必須なんだね」

「ないよりあったほうがいいよ。望めるモノはなんでも望んだほうがいいって」

我慢できずに明里はもう一度声を出して笑う。

「森ケ崎は欲深いけど正直だよね」

「そーなんだよ。私は欲深いんだよ。今はとにかく仕事で成功したくてギラッギラしてる。結婚当時と同じ生活を自力でしたいのよ。あの頃はブランド物とかいくらでも買ってもらえたけどさぁ、買ってもらう一方だと『金出してるほうが上』って感じになってくるんだよね。やっぱり自分で稼いで金持ちになりたいな、亜子ちゃんは」

森ヶ崎が冗談めかしてぶりっこのポーズをする。そのとき新しい大ジョッキが運ばれてきた。

「美味しー！」

結婚していたとき、彼女はSNSでいつも夫からもらったブランド品を自慢し、二人で撮った写真もよくアップしていたという。仲は悪くなかったのだと思う。

夫の浮気は多分、森ヶ崎を捨てるつもりでしたのではなく、出来心だったのだろう。

マザコンについては何ひとつ擁護できないが。

――で、私の場合は元彼から二年ぶりに復縁希望されてるのかぁ。嫌だなぁ。

元彼の気が変わってくれますように、と祈りながら、明里も中ジョッキのグラスを空けた。

「で、あんたは大丈夫？　その元彼といつ二人で会うのよ」

「明日。日曜だから時間があるって呼び出されたの。なんか彼、今は東京で働いているみたいなんだよね、いつの間に来たのかな？」

興味がなさすぎてそれ以上説明することがなかった。

「なんて男だっけ？」

「え？　一ノ瀬《いちのせ》君って人だよ。一ノ瀬孝《たかし》君。っていうか森ヶ崎が名前知ってどうするの？」

森ヶ崎は答えずにグビグビと大ジョッキを呷った。

「ぷはー！　うまー！　ところで来生君はどうしてんの？　最近会った？」

光の名前を聞いた瞬間、明里の胸がどきんと高鳴る。

「え……えっと……来生君は会社に入ってすぐに北米赴任になって、今は日本にいないよ」

光はインターンで入社していたときから北米行きが内定していたと彼の母親に聞いた。おそらく会社としても逃したくない、優秀なインターン生だったのだろう。

「あー、彼、英語喋《しゃべ》れるもんねー」

妙にぎこちない口調で森ヶ崎が相づちを打つ。

変だな、とは思ったものの、酒が回っているのですぐにどうでもよくなった。明里は追求せずに話を続けた。

「そうなんだよ。家は隣同士なんだけど、大学に行ってからは没交渉なんだ」

思えばお盆やお正月の帰省でも光には会えなかった。

あのとき子供のように『大嫌い』なんて言ってしまった手前、声もかけに行きづらくて、なんとなく彼を避けたままだったのだ。

「……ふーん……まああの奇っ怪な頭じゃ無理か……」

森ヶ崎は波打つ髪を指で梳きながら、ブツブツ独り言を言っている。酔っているのだろうか。

「どうしたの？」

「別に。ねえ、食べ物そろそろ頼まない？」

森ヶ崎にそう言われ、明里はメニューを手にして覗《のぞ》き込んだ。

久しぶりに光の話題が出てなんだか落ち着かない。

光は会わない七年の間にどんな男性になったのだろう。

――いや……会って確かめないほうがいい。あの顔を見たら、また調子を狂わされてしまう。

明里が自分にそう言い聞かせたとき、バッグの中でしつこく電話が鳴っていることに気づいた。

――あれ？　お母さん？　どうしたんだろう、こんな時間に。

不思議に思って電話に出ると、母のはしゃいだ声が電話の向こうから聞こえた。

『明里！　光君が日本に帰ってきたわよ。一時帰国らしいけど、しばらくこっちにいるんですって。時間があるなら会いにいらっしゃいよ！』

――え……光君が……？

一瞬胸が高鳴ったが、明里は慌てて深呼吸する。

「今日は友達と飲んでるから今度行く。光君はいつまで日本にいるの？」

『しばらくはいる予定なんですって。仕事が忙しいからご実家じゃなくて会社の近くのホテルで寝起きするらしいけれど、一回くらい顔見せてあげなさいよ』

――光君、私の顔なんて見たいかな？

何しろ七年も口を利いていないのである。しかも最後はケンカ別れだった。

そんな思いがよぎったが、明里は愛想良く答えた。

「分かった」

『あんたの電話番号教えてあげていい？』

母は昔からイケメンが好きで光に甘い。

今日もおそらく光に会って大はしゃぎしているのだろう。

「いいよ」

『お母さん、光君とご飯食べたから』

勝ち誇《ほこ》ったように言われ、明里は苦笑する。

「無理やり家で食べていけ、って誘ったんでしょう？」

『あら？　分かっちゃった？　そうよ。じゃあね。お酒飲みすぎないのよ』

そう言って母は電話を切った。

「何？　なんかあった？」

「来生君が日本に戻ってきたらしいよ。実家が隣同士だからうちに挨拶に来てくれたみたい」

「へー」

森ケ崎がまるで驚いていない相づちを打つ。明里は不思議に思い、彼女に尋ねた。

「あのさ、森ケ崎は昔、来生君のこと好きだったよね？」

「高校の頃のことでしょ。私、あの人から通算五回くらいフラれてるんだよね。だから今はもうなんとも思ってないわ」

「五回！」

「そうだよ。五回くらいフラれてそのあと……まあいいや、早く店員さん呼んで食べようよ」

——なんか変だな。何か隠してるのかな？

やはり不審に思ったが、森ヶ崎からは光への未練はまるで感じられない。いったい二人の間に何があったのだろう。

そう思ったとき、店員がやってきた。二人で好きな食べ物をオーダーし終えたとき、森ヶ崎がスマートフォンを手に立ち上がった。

「お手洗いに行ってくる」

「あ、うん、分かった」

明里はうなずいて、森ヶ崎を見送った。

◆

——はぁぁぁ……あかりちゃんの実家尊い……聖地オブ聖地、あかりちゃんの実家……俺の実家の隣に聖地があるなんてこんな幸せがあるか？

光はホテルの風呂につかりながら己の幸運を噛みしめ、神に感謝の祈りを捧げていた。

——あかりちゃんは先月実家に帰ってきたらしいから、まだあかりちゃんの吐いた息が家の中に残ってる可能性があったし、尊さしかない。

髪と身体をガシガシと洗って光は風呂を出た。そのとき脱衣所に置いておいたスマートフォンが鳴っているのに気づく。

――母さんかな？

『日本にいるなら実家に泊まればいいのに』と母から何度も言われている。

本社のある北米の時間に合わせて、朝四時のオンラインミーティングに会社から参加しないといけないから、と断ったが、まだ文句を言い足りないのかもしれない。

――実家にいたらいたで『早朝からゴソゴソうるさい』って怒るくせに。

そう思った光は、スマートフォンの発信者の名前を見て真剣な顔になった。

『森ヶ崎さん』

ディスプレイには女スパイの名前が表示されている。

――あかりちゃんの件で何か動きがあったか？

光は慌てて電話に出た。

『ちょっと～！　日本に帰ってきてるなら教えなさいよ』

「なんで知ってるんだよ」

『綾瀬に聞いたの』

「今あかりちゃんと一緒にいるの？」

思いっきり声がうわずる。女スパイは意地の悪い口調で返事をしてきた。

『そうよ。うらやましいでしょ』

うらやましいなんてものではない。交代してくださいと絶叫したいくらいだ。

必死に電話の向こうの気配を探るが明里の声は聞こえてこなかった。

「あかりちゃんと何してる？　まさか合コンじゃないだろうな」

『教えない』

「ふざけんなよ」

『それはこっちの台詞。私は真面目《まじめ》に綾瀬の近況を報告してるんだからね。綾瀬と直接会えるようになったから、もう〝報酬〟は支払わない、なんて言わないわよね？　つーかキミが日本に帰って来ないから、〝報酬〟を一度も受け取れてないんですけど？』

不機嫌そうな森ケ崎に、光は慌てて答えた。

「大丈夫だ。今度こそしばらく日本にいるし、うちの会社の日本法人のイケメン社員と仲良くなって合コンをセッティングする」

明里の近況を教えてもらうのと引き換えに、森ケ崎に会社にいる極上の男を紹介する。

この最低な取引を申し出たのは光だ。

二年前、日本を発つ前に彼女とそう約束をした。

偶然再会した彼女に『バツイチになったから男を紹介しろ』と凄《すご》まれ、懐柔するための苦肉の策だったのだ。

――あんまり人のことを悪く言っちゃいけないけど、森ケ崎さんってイノシシみたいだよな。あのときも正直、なんで俺のところに突っ込んでくるんだよって思っちゃったし。

森ケ崎からは高校時代に何度も告白され、振っている。

その負い目もあって『検討しておく』と返事をしたところ、森ケ崎から『具体的な取引にしてくれ』と頼まれたのだ。

だから言ってしまった。

もしあかりちゃんのことで何か分かったら俺に教えてほしい、と。

あのとき森ケ崎は笑った。確かに笑ったのだ。ニヤリと。

その後の女スパイの動きは有能のひと言だった。

たくさんの写真が女スパイから送られてきた。

酒を飲む明里、刺身を食べている明里、お洒落《しゃれ》なお通しを手にご機嫌の明里。

森ケ崎が送ってくるのは全部飲み屋の写真だった。

『あかりちゃん、お酒飲みすぎじゃないか……？』と若干不安にはなったものの、明里は元気だと確信できたから嬉しかった。

『ホントに？』

「本当にするよ」

『まあいいや。最近男あさりより仕事のほうが楽しいから』

何が言いたいのか、この女は。

そう思ったが機嫌を損ねないよう光は尋ねる。

「じゃあ合コンはしなくていいんだね？」

『それとこれとは別。合コンはして』

意味不明もいいところだが、素直に従ったほうが良さそうだ。

「君が写真を送ってくれたことには感謝してる。だから俺のほうは、約束どおりこれから君の要望に向けて動くよ」

『ありがとー。その合コンに綾瀬連れて行っていい？』

「駄目に決まってるだろ」

——分かって言ってるな、お前！

拳を握り固めたとき、森ヶ崎が言った。

『分かったーじゃーねーまたねー』

なんの誠意も感じられない挨拶と共に電話が切れる。光は髪を拭きながらはあ、と息をついた。

同時に再びスマートフォンが鳴った。今度はＳＭＳのメッセージだ。

——何か文句を言い足りなかったのか。

嫌々ながらも森ヶ崎からのメッセージを開くと、そこには、女神の写真が添付されていた。

『今日の綾瀬です。元彼とモメてるらしいよ』

明里だ。

さらさらのまっすぐな黒髪につぶらな目、赤い小さな唇、きめの整った肌。シンプルな服がとてもよく似合っている。

――あ、あ、あ、あかりちゃん……っ！

口から心臓が飛び出しそうになった。

可愛い。まさか今、撮影したての明里の写真が提供されると思っていなかったので腰にタオルを巻いただけの全裸だ。

光は慌ててパジャマを着て髪を乾かすと、ミネラルウォーターを一気飲みして自分を清めた。

そしてもう一度写真を開く。

――可愛い……っ……！

いついかなるときも明里の写真は可愛い。今日の写真も可愛かった。

光はスマートフォンをスタンドに立てかけ、その前に正座した。

手を合わせる。今光は明里と同じ『都内』に存在しているのだ。近い近い近すぎる。アメリカと日本に比べれば近すぎて同棲してるも同然だ。

――正気を失うな……落ち着け……。

ようやく精神が正常になったので、光は明里の写真に問いかけた。

「あかりちゃん、元彼とモメてるって何……？　それ、俺、力になれるかな……？」

そのとき、森ヶ崎からのメッセージが再び届いた。

『ようやく全部の情報が集まったよ。綾瀬に迷惑かけてる元彼の名前は一ノ瀬孝。大学は関西の香学院《こうがくいん》大学で、綾瀬と同じ年だって。今は五傍《ごぼう》商事に勤めててやけにイキってるらしい。じゃあね合コン絶対やって』

「迷惑の内容教えてよ」

『復縁迫られてるってさ』

――なるほど。五傍商事に勤める元彼が突然復縁を迫ってきていて、あかりちゃんはそれを嫌がっている……と。

光は真剣に森ヶ崎が送ってきた情報を精査した。

香学院大学は名門だが、そこから五傍商事に入社できるのは年に数名もいないだろう。

五傍商事というのはそれほどの一流企業だ。

日本五大商社のうちの一つで、名前からも分かるように戦前、国策企業として五番目に作られた商社なのである。

――あかりちゃんのために戦うのであればやぶさかではないな。

そう思いながら光は自分の名刺を取り出した。

社会人名刺バトルなら、五傍商事に勝てる。

なぜなら光が採用されたこの会社……ノル&アンダースン・カンパニーは、世界三大コンサルティングファームの一つだからだ。

仕事は激務で責任も重く、毎月二桁の退職者がいるような企業だが、知名度だけなら世界ランキング十位以内に入る、いわゆる『キラキラ企業』である。

社名を添えてSNSに自撮りをアップする社員もいるくらいだ。光はそんなアホな真似《まね》は絶対にしないが。

——会社名で競い合うとかくだらないけど、あかりちゃんを守る武器になるなら使ってやる。

光はそう思い、そして初心に戻った。

——いや、その前にまずあかりちゃんに会わないとな。おばさんがあかりちゃんに俺の電話番号教えとくって言ってくれたけど、連絡どころかメッセージもないな……。

そう思いながら光はよろよろと立ち上がる。

明日は朝三時起きで、四時からの全社ミーティングに、日本支社からリモートで出席せねばならない。

時差ボケで死ぬ前に睡眠導入剤を飲んで寝よう。

光は明日着用するスーツとシャツが準備されているのを確認して、ベッドに滑り込んだ。

◆

明里が元彼の一ノ瀬と待ち合わせしたのは、その週の日曜日。

高級ホテルの一階にある喫茶店だった。

「あのさ……？　海外赴任するから結婚してほしい……って……迷惑だよ？」

元彼、一ノ瀬はエリート商社マンになっていた。

容姿は良く大学の成績も優秀で、大手商社でも将来有望株が配属されるという『第一営業部』に採用が決まった……らしい。

今は海外と日本を往復してバリバリ働いているという。

森ケ崎なら『八十点以上ではある』と評価しそうな男だ。

しかし、彼の申し出は明里にとって迷惑すぎる。

『冗談やめてね、じゃあね』と言って、この場で帰ってもいいくらいだ。

「前の彼女と別れないで、海外に一緒に行ってもらえばいいでしょ」

呆《あき》れ果てて、それしか言葉が出てこない。

――一ノ瀬君、キャラ変わった？　こんなに自分勝手だったっけ？

当惑しながら明里は首を横に振る。

「私だって突然時間をくれって言われた挙げ句、そんな話を聞かされても困る」

「なんで困るんだよ？　五傍商事の北米支社の駐在妻になれるんだぜ？」

——だから私はそんなの望んでないってば。

明里は心の中で吐き捨て、とりあえず運ばれてきたコーヒーを口にする。

「もう一度聞くけど、前の彼女とはなんで別れたの？」

「日本から離れられないって言うからだよ。母親がいないと朝起きるのとか仕事に行くのとか、全部無理らしい。そんな女はアメリカに派遣される俺には相応《ふさわ》しくないからさ」

「え……ええ……？」

——彼女さんもちょっと幼いとは思うけど、一ノ瀬君の物言いもなんなの？　あれ？　もしかして、海外赴任することになって舞い上がってそんな態度になってるのかな？　言いたくないけどそれじゃ勘違い野郎じゃん。

もちろん本人には言わないが、明里は心の中でそう突っ込んだ。

「結婚しないで海外に行けば？　一人で行く人だっているでしょ？」

「そうだけど、海外赴任の間は婚活できないだろ？　それにアメリカで慣れない暮らしをするのに身の回りの世話をしてくれる人は必要だし」

——うわ、海外赴任する俺すごい、だけじゃなくて、そんな俺の世話できて嬉しいでしょ？　みたいなオーラがムンムンしてるし。会いに来るだけ無駄だったな。

そう思い明里は伝票を掴《つか》んで立ち上がった。

「私じゃない人に頼んでよ」

「なんだよ、めちゃくちゃいい話じゃんか、どうせお前彼氏いないんだろ？」

「……いなくたって関係ないでしょう」

「ニューヨークで五年間、出世頭の駐妻できるんだぜ？　嬉しいと思わないのかよ」

明里はきっぱり首を横に振った。

「思わないよ。別に海外に憧れはないし一ノ瀬君にも未練はまったくない。私も仕事あるから気軽に海外とかついていけないよ」

「仕事がなきゃいいのか？」

一ノ瀬の言葉に明里は眉根を寄せた。

――いいわけないでしょ？　何を言っているの？

明里は露骨《ろこつ》にため息をつくと、一ノ瀬に言った。

「とにかく迷惑なのでやめてください。じゃあ私、帰るから」

「後悔しても知らないからな。俺、お前にうんと言わせるネタ握ってるんだぜ？」

――え……？

明里は凍りつく。なんのことだろう。まったく心当たりがない。

「何、それ」

「さあな。知りたかったら俺の申し出を検討したほうがいい」

一ノ瀬が気取った口調で言うと、ニッと笑った。

――何を脅しのネタにする気なの……？

なんだか嫌な想像がよぎる。

恋人同士だったし、バッグから何かを抜き取られていてもおかしくない。

他の可能性もある。

たとえば、おかしな写真とか……。

彼と一緒に眠ったことなどないが、写真は何枚か撮られている。顔を寝顔に変え、裸の写真と合成することくらいなら、プロに頼めば不可能ではないかもしれない。

そう思った瞬間、ざあっと背中に水を浴びせられたような気がした。

思わせぶりに言う一ノ瀬を睨《にら》み、明里は低い声で言った。

「返して」

「何を？」

「なんだか分からないけど、貴方がネタだっていうものを返して」

手が震えた。

だが一ノ瀬はそんな明里を鼻で笑った。

「返してほしいなら、俺の提案にイエスと言ってくれることだな。じゃ、俺は海外の子会社とこれから会議だから、会社に行くよ」

――な……何よ……それ……っ……！

一ノ瀬が、明里の手から伝票を奪おうとする。明里は彼を睨んだまま言い返した。

「結構よ。自分で払うわ、『さよなら』」

「『またな』」

再会を匂わせる挨拶に、明里は拳を握り固める。

——何よ、犯罪じゃないの？　そんな脅《おど》し方するの！

明里は歯を食いしばって、去って行く一ノ瀬の背中を見送った。

だが一人で立ち尽くしていても目立つ。明里はもう一度席に座り直し、一口も飲んでいないコーヒーに口をつけた。

——どうしよう？　まず何を使って私を脅そうとしているのか考えないと。

どんなに考えても浮かんでこない。

互いにインドア派なので一ノ瀬と遠出したことはあまりなく、家の中で二人で映画を見ていることが多かった。

——私たち、すごく淡泊だったよね？

そんな付き合いの間に、一ノ瀬の提案に『イエス』と言わざるを得ないような物を取られたとはどうしても思えないのだ。

——うーんやっぱり、合成されたおかしな写真とかしか思いつかない。もしそうだとしたら怖すぎだし、脅迫罪じゃないの？　他に何かあるかな？　うーん。

どうしても心当たりのない『脅しの種』の正体を考えているとき、スマートフォンが震えた。

『お母さんです。光君の電話番号を送ります。番号は……』

――そういえば昨日、光君が家に来たって言ってたっけ。お母さん、興奮して私に電話番号を伝えるの忘れてたんだろうな。

かすかに胸が高鳴った。

彼はどんな社会人になったのだろう。母のはしゃぎようからして、高校時代を超えるすごいイケメンに超進化したのは間違いなさそうだ。

――会いたいな。

そう思いかけ、明里は慌てて心に生まれた甘い何かをかき消した。

危ない。

あの顔は……やはり危険なのだ。

幼なじみの明里すら気を抜けばクラっとくる美貌。

両親が諸手を挙げて『格好いい格好いい』とはしゃぐだけあって、中身まで格好いいところ。

――現に私は、一ノ瀬君に脅されていることを一瞬忘れた……!

先ほどまで流れていた冷や汗とは別の汗が浮いてくる。

妙に速くなった鼓動をなだめ、明里はコーヒーを全部飲み干した。そして勇気を出し、光の電話番号宛にメッセージを送る。

『お久しぶり、明里です。昨日はうちの実家にも顔を出してくれたみたいでありがとう』

ここまで打つのに、心拍数がかなり上がっていた。

明里は深呼吸をし、しばし悩んだ挙げ句に、最後の一文を打ち込む。

『日本にいるうちに会えるといいね』

そして、送信ボタンを押した。

◆

――日本に帰ってきた直後の日曜に、二時まで働かせないでください。

光の仕事は、日本でも屈指の大企業『斎川《さいかわ》グループ』が立ち上げる大型ショッピングセンターの支援だ。

その子会社の名前を『斎川土地開発』という。

コンサルティングファームの若手は『その業務チームに配属された、なんでもできる超凄腕の外注社員』としての役割を求められる。

今の光の仕事は『一番顧客を集められる店の配置』を決める部署の『お手伝い係兼、アドバイザー』である。

周囲は『あの〝ノル&アンダースン〟から来たんだから超デキるに決まっている』と決めて

かかってくるので、結果を出し続けなければならない。

コケたら『金を返せ』と言われかねないので毎日必死である。

ショッピングモールの成功事例、失敗事例の資料を集め、読み込み、駐車場の台数まで建物の設計に着手する前に決める必要がある。

すでに立地だけは決まっているショッピングモールを『集金施設』にするためにどうすればいいのか、知恵を絞る毎日だ。

光は会社の隣にある高級ホテルに戻ると、シャワーを浴びてばたりとベッドに横になった。

明日は月曜日で、さっそく朝七時から顧客との『パワーブレックファスト』が予定されている。

朝食会がこの高級ホテルの一階ラウンジで行われるのだ。顧客と光の会社のコンサルタント数名が出席し、数千円する高級な朝食を摂りつつ仕事の話をする。

——めんどくさいな、朝からスーツでバッチリ決めていかないとだし。

パワーブレックファストなど、光は飽《あ》き飽きするほど経験している。

だが、日本の意識高い系の若者にはこの朝食を兼ねたミーティングは大人気のようだ。会議が多い上役たちも朝の七時に集合ならば誰でも顔を出せる。

——寝よ……もう三時じゃん……俺はクマ作って出席できないもんな。

コンサルタントはイメージが大事なのだ。

上司には常にヘルシーでエネルギッシュであれと言われている。

正直、朝も夜もなく顧客至上主義の働き方をさせられているのに、健康も元気もへったくれもあるか、と思うし、ニューヨークで暮らしていた頃は、朝五時起きでフィットネスに通う自分を『最高ランクの社畜』だとも思っていた。

だが、給与明細を見たときだけは『明日からも頑張ろう！』と笑顔になれる。そんな仕事なのだ。

光は眠い目をこすりつつ、ようやく私物のスマートフォンをチェックした。仕事中は自分宛の私用メールをチェックする余裕などない。

——あれ、メッセージ……？　母さんからかな。

電話番号宛に送ってくるのは、家族くらいしかいない。そう思いながらメッセージを開いた光は、疲労も忘れてベッドに起き上がっていた。

「あかりちゃん……？」

気づけば、声に出して差出人の名を呼んでいた。

『日本にいるうちに会えるといいね』

光の目は、最後の一文に釘付けになっていた。

——俺も……俺もあかりちゃんに会いたい。実際に会って喋りたい。あかりちゃん……。ごめんね、あのときは下品なこと言って……でも……。

危ない。スマートフォンを抱きしめたまま座して寝落ちするところだった。

——こんな時間じゃ返信できない。起こしちゃうかもしれないし。

光はスマートフォンを充電ケーブルに繋《つな》ぎ、アラームをチェックして再度ベッドに潜り込んだ。

だが眠れずにひたすらメールの文章を推敲《すいこう》する。

――朝六時か。ちょっと早いけどいいかな。

結局一睡もせずに推敲に推敲を重ね、無難かつ絶対に明里に会えると判断した文章をもう一度見直す。

言いたいことを全部書いたら一万字ほどになってしまい、それを削って『古い知り合いからの久しぶりのメッセージ』に体裁を整えるのに大変な労力を要した。

『連絡もらえてめっちゃ嬉しかった。今度の土曜、空いてるなら夜に食事しようよ』

……このくらいは許されるはずである。あの『セックスしよ』発言には未来永劫一切触れずに、ただの紳士として振る舞うならば明里も許してくれるはずだ。

――送信するぞ……誤字はないか……？

光は息を止めて、明里宛のメッセージを送信した。

第二章　あかりちゃんと再会できたこの機会を逃しはしない

——光《ひかる》君が私のメッセージに返事くれるなんて思わなかった。『大っ嫌い』って言ったこと、全然触れずに普通に誘ってくれるなんて。

『土曜日空いてるよ』と返事をしたあと、明里《あかり》は仕事の手を緩めないまま、光からのメッセージに胸をときめかせていた。

光との約束ばかりが頭に居座っていて、一ノ瀬《いちのせ》の謎の嫌がらせも忘れがちだ。

——いやいや、深刻に悩まないと！　何を撒《ま》き散らされるか分からないのに……。

そう思いながらも、心は光と過ごす時間に傾《かたむ》いていく。

光が指定してくれたディナーの店は、明里でも名前を知っている高級ホテルのラウンジだった。

——私たちがあんな大人っぽいお店で食事するなんて。高校時代は想像もつかなかったな。

そう思いながら明里は次の会議の資料ファイルをＰＣで開いた。

明里の仕事は、動画配信サービスの営業支援部門のアシスタントである。

二十代の社員は男女問わず、だいたいがアシスタントだ。

仕事内容は開発チームと営業チームの中継ぎである。

動画配信のシステムを作っている開発チームに、営業チームからの要望を伝える。

また、顧客が営業を通して伝えてきた予算を精査し、開発チームにどこまで対応可能かを確認し、業務内容を調整する役割も担っている。

今日は営業部の社員と一緒に、見積もりの打ち合わせを客先で行う予定があった。

客先で配布する資料の誤字チェックを終え、見本用の一部を印刷する。

赤ペンでチェックを入れて表現を直したあと、再度印刷して上司のもとへと持っていった。

「十四時からの打ち合わせですが、見積もりはこの数字で印刷してよろしいでしょうか？」

明里が作った資料を素早くチェックすると、課長はうなずいた。

「先方の上司が急遽《きゅうきょ》参加されるかもしれないから、念のため二十部印刷して持参しよう。それからプロジェクターで数字を映せるようにしておいてほしい」

「分かりました。プロジェクターも会社から持参します」

明里は自席に戻り、会社の備品管理システムにアクセスして、空いているプロジェクターを十四時から二時間レンタルした。

――ノートＰＣにプロジェクターに資料二十部。あと議事録を取るための筆記用具とノート。

うん、忘れ物はない。大丈夫。

明里は持ち物のチェックや準備を終え、大きく膨《ふく》らんだバッグと、別ケースのプロジェクターに目をやった。

――一応、ＰＣとプロジェクターが繋《つな》がるか確認しておこうかな。

機械を弄《いじ》っている明里に課長が声をかけてくる。

「一人で全部持たなくていいぞ。プロジェクターは俺が持つから」

「ありがとうございます、大丈夫です」

大学時代は映画同好会所属だった明里だけれど、社外打ち合わせの多いこの部署に配属されてかなり体力がついた。

今では五キロ以上の荷物を持ってヒールで歩くのも楽々である。

「ちょっと早いけどそろそろ出るか。電車が遅れたら困るし」

上司の言葉に、明里はノートＰＣ入りのバッグと、プロジェクターを入れたケースを手に立ち上がる。先ほどの上司ではなく、同行する営業マンが慌てたように明里の手からプロジェクターを奪い取った。

「大丈夫です！」

「いーや、俺、無駄に力あるから俺に持たせて」

そう言ってニコッと笑ったのは営業部の園井《そのい》だ。年は明里より二つ上の二十七歳。なかなかのやり手らしく、今回の契約も彼のおかげでほぼ締結できそうだという。

——園井さんの足を、営業支援の私が引っ張らないようにしなきゃね。

プロジェクターのケースを担いでしまった園井に、明里はお礼を言った。

「すみません、ありがとうございます。重かったら言ってください」

「重いなんて言うわけないじゃん」

園井が面白いことを言われたかのように笑った。

明里もつられて微笑《ほほえ》む。

——会社の人も友達も良い男性ばかりなのに、元彼運だけが……。

深く考えると遠い目になりそうだ。

明里は慌てて気を引き締め、スプリングコートを片手に上司や園井のあとを追って歩き出した。


——今日も一日あっという間に終わった！

明里は脚のむくみを感じながら会社をあとにする。夜の七時だ。会社はあまり残業がなく、その分仕事の密度が濃いと思う。他の会社は知らないのだが、明里の体感だ。

——夕ご飯、買って帰ろうかな。

そう思ったときスマートフォンが震えた。

光からのメッセージが届いている。

『土曜日、あかりちゃんの都合がいい駅に迎えに行きます』

例の待ち合わせの件での返信だった。

――えっ？　わざわざ迎えに来てくれるの？

明里の胸がドキドキとときめく。

エスコートされているようで落ち着かない。

明里は大きく息を吸い、足を止めて返信を打ち込んだ。

『ありがとう。光君忙しいんでしょ？　私が待ち合わせ場所に直接行くよ』

最近は担当しているプロジェクトも落ち着いており、土日出勤は基本ない。多忙そうな光に明里が合わせるべきだ。そう返信するとすぐに答えが返ってきた。

『じゃあ、約束したラウンジで十七時に待っています』

『分かった、楽しみにしてるね！』

そう返事を打ったとき、自分の顔が熱くなっていることに気づいた。

――光君……どんなふうに変わってるんだろう……お母さんのはしゃぎっぷりからして期待しか、ううん、不安しかない。

今日は三月にしては寒いのに、なんだか身体が火照《ほて》ってきた。

あちらは旧友に会うだけだというのに、一人で意識してしまってては恥ずかしい。

妙な照れくささを打ち消すように、明里は駅に向かって早足で歩き出す。

駅に着き、自宅に向かう路線ではなく、セレクトショップが複数あるターミナル駅行きの電車に乗った。

――光君に会うための服を買おう。

自分でも舞い上がっているのが分かる。

だが仕方ない。高校時代も『意識しちゃダメだ』と思いながら、毎朝必死に髪をブローして、親に『さっさと学校に行きなさい』なんて言われていた。

光の目を意識しないなんて明里には無理なのだ。

――でも、光君はいろんな女の子に付きまとわれるのを嫌がってたし、私に『セックスしよ』って言ったのも、きっと森ケ崎《もりがさき》とか、他の女の子を追っ払いたかったからなんだろうな。でも今は、あ、そっか。

とある可能性に気づいた瞬間、明里の胸がすっと冷えた。

もしかしたら、ではなく、ほぼ確実に光にはパートナーがいるだろう。

高校時代までの『何が起きているのか』と唖然となるほどのめちゃくちゃなモテぶりを思えば、すでに結婚している可能性すらある。

――あ、でも、結婚してるなら私と二人では会わないかな？

首をかしげつつも、明里は妙にがっかりした気持ちを抑えられなかった。

――うん、彼女は絶対にいるよね。どうしようかな。無難で地味な格好で行こう。もし彼女さんに見られても『ホントにただの知人』って思われるような服装がいい。あんまり着ないけど、モノトーン系のシックな服に挑戦してみようかな。

『いつもと違う服』のことを考えていたら少し気が紛れてきた。

明里は人混みに押し流されながら、お気に入りのアパレルショップが入っている商業ビルに向かった。

◆

明里と約束した土曜日、光は大急ぎで着替えをしていた。

――し……仕事が忙しかったおかげで、余計なことを考えずに済んだ……っ……。

本来なら休みだというのに、超早朝からゴルフに誘ってくる取引先社長に従い、接待ゴルフに明け暮れる羽目になったからだ。

これも『顧客絶対主義』の戦略コンサルタントの仕事のうち、なのである。

今回のゴルフ同行で社長のご機嫌はよくなり、懸案だったＩＴ企画支援のコンサルティングフィーを無事に支払ってもらえることになったのだから。

目に見えない『支援作業』には金を払いたがらない顧客と、絶対に金を払わせるコンサルテイングファームの戦いは、無事に光たち側《がわ》の勝利で幕を下ろしたのである。

──夕方の会食は免除してもらえて助かった。さすがにアメリカから直行しての八連勤だし。

鏡に映る着替えた自分を見る。

格好いいのか悪いのかよく分からない。

だが会社で指導されている『デキる男に見せるツボ』はすべて押さえたつもりだ。

光に似合うと言われた髪型は軽く髪を後ろに流したハーフバック。

スーツの色はダークグレーで、柄はなし。

時計はスチールバンドのブランド品にしろと言われている。理由は『革を使うにはまだ若いから』らしい。時計に興味がないので時計好きの上司に選んでもらった品をネットで買った。

──このカッコであかりちゃんに変だと思われないかな。

不安だったが、まともな私服を買う時間がなかったのだ。

業務後に買い物に行くなど不可能だった。

──変だって言われたら、それを口実にあかりちゃんが好きなファッションを聞き出せばいいんだろ？　負けるな俺、よし行こう！

そう思いながら光は自分が予約したラウンジに急いだ。

ちゃんと明里は来てくれているだろうか。

胸を高鳴らせて店員に名前を告げると、『お連れ様がお待ちです』と奥まったテーブルに案内された。

明里は髪を下ろし、黒い服で大人しく席に着いていた。

口から心臓が飛び出しそうになる。

高校時代の明里は、明るい色の私服を好んでいた。

色白で小柄な彼女にはパステルカラーがよく似合っていて、鼻血が出るほど可愛かったのだが、今日のように黒のVネックのニットに金色のシンプルなペンダントを合わせた姿は『できる女』そのものだ。

——あああああ、あかりちゃん、すごい綺麗《きれい》だ……。

光は飛び出しそうな心臓を呑《の》み込み、自分における最高の『営業スマイル』を浮かべた。

精神を引き締め別人になりきらないと『あかりちゃん尊い尊い』と言いながら写真を撮りまくる変質者になってしまう。

「こんばんは、久しぶりだね、あかりちゃん」

——よし、掴《つか》みはOK。声がうわずらなかった。

普段はどんな偉くて立派な客の前でもしれっとしていられるのに、明里の前では無理だった。

目の前の最愛の幼なじみの存在が至高すぎて、完璧に自分を制御できない。

「光君……」

明里が白い頬を桃色に染めて微笑む。

――えっ？　何？　何を赤くなってるのあかりちゃん？　もしかして俺と久しぶりに会ったことを喜んでくれてるの？

『会ってくださってありがとうございます』と絶叫したいのを堪《こら》え、光は席に着いた。大人しくいい子に席に着けただけで百点満点である。

興奮と喜びとで錯乱《さくらん》しそうだ。訳が分からなくなってきたが、とにかく大人しくしている自分を褒《ほ》めてやりたい。

「待たせた？」

「ううん、久しぶりだね。会えて嬉《うれ》しい」

――会えて……嬉しい……？　ちょ……っと待った……っ！　あかりちゃん？　いつそんな男心をガックガクに揺さぶって吹っ飛ばすようなテクニック覚えたの、あ、あ、あ、あ、あ、会えて嬉しい……って……俺もだよ！　俺も会えて嬉しすぎるよ！

そう思いながら、光は再び『渾身の営業スマイル』を浮かべた。

「俺も。本当に久しぶりだね」

光の言葉に明里がうなずく。黒いさらさらの髪が肩を滑り落ちた。

美しい。可愛い。尊い。好き。大好き。

光の脳内から語彙《ごい》がなくなっていく。

「うん」

明里が再び頬を染めて微笑む。

こんなに可愛いなら男の五人や十人……そう思った瞬間、心がシュンっと冷えた。

明里が元彼と何かトラブルを抱えているという話を思い出したからだ。

会えることが嬉しくて浮かれていて、すっかり頭から飛んでいた。

――あの話をいきなり切り出しちゃ駄目だ。俺にとっては超本題だけど。

そう思いながら光は、あくまで自然な話題を切り出した。

「そのネックレス可愛いね」

「あ、ありがと……昨日買ったの」

椅子《いす》を蹴《け》って立ち上がり『なんのため？　もしかして今日のため？』と聞きたかったが堪えた。偉い。また百点だ。必死に自分を褒めたたえながら光は尋ねた。

「似合うよ。どこで買ったの？」

「え……えっと……光君は知ってるかな……」

明里が挙げた店名は、光の脳内にリストアップされている高級ブランドのものではなかった。

「聞いたことない。日本のお店？」

よし、無難な問いに繋げられた。そう思い安堵する光の前で、明里が桃色の頬でうなずく。

「そうだよ。シンプルだけど品がいいんだ。時々自分へのご褒美に買うの」

「昨日はご褒美あげたいくらい、いいことがあったんだね」

明里がますます赤くなりながらこくんとうなずいた。

「お客様へのプレゼンの手伝いをしたんだけど、その契約がうまくいったから」

光は正気に見えるはずの笑みをたたえたままうなずいた。

「おめでとう。ついでに俺の仕事もうまくいくように祈ってよ。日本に帰ってきたのが二年ぶりで緊張してるんだ」

なぜ、なぜこの場でスマートフォンを取り出し、明里の顔を激写しまくることができないのだろうか。

この可愛い顔は全部写真に収めて持ち帰りたい。

明里はそのくらい綺麗で可愛かった。小さい頃から光にとっては唯一絶対の女の子だが、今の明里は……語彙が死んでいて言葉にできない。可愛くて綺麗で好ましすぎる。

「あ、あのね、私、光君の会社のこと調べちゃった」

明里が赤い顔のままで言う。

「何を調べたの？」

「ノル＆アンダースン・カンパニーのこと……ごめんね、私この会社のこと知らなくって。すごい会社なんだね！」

勤務先の会社がどんなに素晴らしくても、いつ潰れるか、いつ辞めるかも分からない儚《はかな》いものなので、光にとってはどうでもいい。

でも明里が『勤めていることがすごい』と褒めてくれるならば、とても嬉しいと思える。

「ありがとう。奇跡的に入社できたんだよ」

インターンのときは黒茸《きのこ》みたいな頭だったのに……と内心で付け加える。

「この会社って、入社できただけで世界のトップエリートなんでしょ？」

「ネットにそんなこと書いてあった？　人によるけどね」

褒められて狂喜乱舞していることを表に出しすぎないよう、努めてクールに振る舞いつつ、光はウェイターを呼び止めた。

「頼んでいたコースを」

ここでもたもたとメニュー選びなどしない。

根がストーカー気質なので、明里が好きなモノはほぼ心得ている。

もしかしたら会わない七年の間に何かのアレルギーを発症しているかもしれないが、その場合であっても彼女なら『今は食べられないんだ』と率直に教えてくれるだろう。

そこまで考えてオーダーは予約時に通しておいた。

『客』は待たせるものではない。賓客であればなおさらだ。明里は光にとっては最高クラスのＶＩＰなのだから。

「料理はもう頼んでくれてたんだ！」

明里が驚いたように言う。よく見ると淡くメイクをしている。ブラウン系で統一されていて、媚《こび》がなく大人っぽい。

——あかりちゃんの、写真……撮りたい……っ！

内心で悶絶《もんぜつ》しながら光は笑顔を浮かべた。

「そうだよ。でも、俺が勝手に頼んじゃったからなぁ」

わざとやや不安げに言うと、明里が楽しそうに、わずかにこちらに身を乗り出してきた。料理の内容に興味がある、というボディ・ランゲージだ。

「今日のメニュー、豚肉の生姜焼き、って言ったらどうする？」

光の答えに明里が目を丸くして笑い出す。

「なんで？　それ私の好物じゃない。よく覚えてたね。でもここフレンチのお店でしょう？」

——よし……！

明里の態度が砕けてきた。光は笑みを浮かべたまま答える。

「そうだよ。冗談。生姜焼きも今度食べに行こう」

光の答えに明里が可愛い笑い声を立てた。

ただ笑うだけでこんなに可愛いのは、赤ちゃんか明里くらいだ。

光は心の中で思った。

——今日会って終わりじゃなくて、またあかりちゃんとどこかに行きたいよ。でもその前に、軽くあかりちゃんの身上調査をさせてもらわないとな。元彼に復縁を迫られて困らされてるって言うけど、今はそもそもフリーなのか。そしてその元彼に『本当に困らされているのか』をさりげなく聞き出さないと。

重要な情報を聞き出すには、まず自分の腹の中もある程度見せなくてはならない。

ちょうどよく、スパークリングワインのグラスが運ばれてきた。ソムリエが明里にボトルを見せる。

「ワインってあまり飲んだことがないんだけど……」

戸惑う明里に、光は言った。

「俺が好きなスパークリングワイン。飲みやすいよ」

そう言うと、明里は安心したようにうなずいた。

「そうなんだ！　美味しそう！」

――あかりちゃんは森ヶ崎と毎週飲みに行ってるようだし、お酒が好きそうだから、あんまり甘ったるくないフルーティーなのにしたけど、どうか合格点をいただけますように。

余裕の笑みを浮かべながらも、笑顔の裏で必死に祈る。

透明なフルートグラスに淡い金色の液体が注がれた。

良い酒がグラスに注がれる様は、いつ見ても高揚する光景だ。

互いにグラスを手に取り、触れない程度に合わせて光は言った。

「乾杯」

「乾杯。お久しぶりだね、光君……あ、これ美味しい！」

明里が優しいことを言ってくれた。嬉しい。泣ける。

光は一口スパークリングワインを飲んで答えた。

「本当に。七年ぶりだからね。あかりちゃんが綺麗になってて驚いた」

「な……え……！　お、お世辞もうまくなったね！　すごい会社に入ったからかな？」

明里が動揺したようにグラスを置き、視線をさまよわせた。

──何この反応。可愛い。

光は明里のうろたえように真顔になる。

じっと見守る光の前で、明里が落ち着かない様子のまま話を続ける。

「ひ、光君のほうこそ、高校時代と別人みたいになっちゃって……私はびっくりしたよ……」

「別人？　どこが？」

──朝の四時から夜の十一時まで働かされているから、自覚はないけどやつれ果てているのだろうか。だとしたらヤバいな。

真顔のまま答えを待つ光の前で、明里が首まで真っ赤になる。

「何もかも、だよ。私は未だに子供っぽいって親に言われるけど、光君は……あの……すごく大人で、すごく格好良くなっちゃった感じ」

どうやら七年間の間の光の変化を、好意的に捉えてくれているらしい。

――うち四年は、あかりちゃんには見られたくない黒茸だったけどさ。

心の黒歴史を全力で押しやりつつ、光は素直にお礼を言った。

「ありがとう。それなりに成長したのかな。それとあかりちゃんは子供っぽくないよ、全然」

「そ、そんなことないよ。本当に母親にからかわれるもん。お酒飲みに行くなら免許証持っていきなさい、とか」

確かに明里は小柄で可愛らしい雰囲気《ふんいき》があるが、断じて子供っぽくはない。

母親の目だから子供に見えるだけだ。

そう思いつつ光は言った。

「俺は久々にあかりちゃんと会って、高校のときとはすごく変わったと思ってるよ」

二年前、森ケ崎と謎契約を交わしたときに、初めてもらった写真を思い出す。同時にそれを目にしたときの衝撃を胸に蘇《よみがえ》らせた。『俺の女神……』そう思ったことを。

「そうかな……」

「高校のときはひたすら可愛かったけど、今は綺麗だ」

「コンサルタントになって、お世辞までうまくなったわけ？」

明里の顔がいっそう真っ赤になっていく。鎖骨のあたりまで真っ赤だ。どうやら悪い気はしていないらしい。

光はもう一口スパークリングワインを飲み、明里に言った。

「あかりちゃんにお世辞言っても仕方ないじゃん。俺以外の男もそう思ってるよ、きっと」

話の軸を目的に向けてずらしていこう。

光は明里の様子をうかがった。ただ照れているだけなのか、黙ってひたすらスパークリングワインを飲み続けている。

——よし、今だ。

意を決して光は口を開いた。

「言われたことあるでしょ、綺麗だって」

びっくりするほどつまらない口説き文句だな、と思ったが仕方ない。一番自然に男女関係の話題を出すにはこの方法が最善だからだ。

光は腹を決めて明里をじっと見据《みす》える。しばらく手にしたグラスを揺らしていた明里が、困ったように眉根を寄せた。

「いや……私は男運がイマイチなんだよね……」

「そうは見えないな」

「ううん、実際そうなんだ。光君と違って全然ダメ」

光の異性運……というか恋愛運は『地獄の地引き網』としか表現できないので、なんと応えていいか分からない。

ニューヨークでは同性愛者の顧客に壁ドンされてキスされそうになり、うまいこと逃げたこともある。明里にも許していない唇を好きでもないおっさんに奪われるところだった。

「俺も恋愛は苦手だよ」

「小学校も、中学校も、高校も、ずっとみんなの人気者だったじゃん」

「望まない人気と、好きな人が振り返ってくれるのは全然違う」

言い終えて『ちょっと攻めすぎたか』と思い、明里の様子をうかがう。

明里は意外なことを言われたかのように目を大きく見開いていた。

「そうなの？　ずっと女の子に興味がないって言ってたから、好きな人もいないのかと思ってた」

明里の言葉に、光は心の中でほろ苦く笑った。

——だって、言えるわけないじゃん。『好きな子はあかりちゃんです』なんて。振られたら死んじゃうくらい好きだったんだよ。今もだけど。

本音はまだ心に留めたまま、光は言った。

「俺は父親がアメリカ人じゃん、だから変に目立っててさ、友達として一緒にいてくれた女の子はあかりちゃんだけだった。だから俺はずっとあかりちゃんに感謝してる。友達でいてくれてありがとうって。君は可愛かったし、今は綺麗だ。性格だって素敵《すてき》なことを保証する。だから俺と違って駄目なんて言わないでほしい」

明里が驚いたように顔を上げた。

「俺、何か変なこと言った？」

首をかしげてみせると、明里が再び真っ赤になる。

「ありがとう。そんなふうに言ってもらえるなんて思わなかった」

「男運が悪いなんて、なんでそんなふうに思ったのさ？」

肝心要《かなめ》の質問をした瞬間、緊張のあまり心拍数が倍になった。

だが表向きは平静を装う。

「えっと……あの……すごくだらない話なんだけど……元彼に結婚しようって言われたの」

――結……婚……？　え？　そこまで話進んでるの？

ぶん殴《なぐ》られたような衝撃が走ったが、光は気を取り直した。

まだ大丈夫だ。死んでない。生きている。

――お、お、お、お、落ち着け俺、まだ盛り返せるぞ、まだ。あかりちゃんの話をよく聞いて突破口を見つけるんだ。

復縁を兼ねた結婚話なら、明里が『やっぱりやめよう』と思うほうに誘導すればいい。

光は動揺を綺麗に押し隠し、あえて皮肉な口調で尋ねた。

「おめでとうって言うべき？」

「やめてよ、本気で困ってるの！」

脳内に薔薇《ばら》の花が咲き乱れる。どうやら明里は結婚話に乗り気ではないらしい。

「すっごいワガママな理由なんだよ。元彼ね、海外赴任が決まって、付き合っていた彼女がアメリカで暮らせそうにないから別れたんだって」

「五傍《ごぼう》商事に勤めてるんだっけ」

「あれ？　言ったっけ」

——馬鹿。あかりちゃんが出した話題以外を知ってたら辻褄《つじつま》が合わないだろ。

自分に強烈な駄目出しを入れながら、光は真顔で適当極まりない嘘《うそ》を言った。

「風の噂《うわさ》で流れてきたんだ。俺、あかりちゃんがどうしてるのか気に掛けてたからさ」

嘘ではない。明里のことを気に掛けすぎていてこの七年、半狂乱だったことだけは事実だ。

「え……え……そ、そうなんだ……気に掛けてくれてありがとう……」

明里が再度真っ赤になる。可愛い反応に、光の目が吸い寄せられた。

——え……何？　俺が気に掛けてたことを喜んでくれるの？

俄然勇気づけられ、光は口を開いた。

「今の彼氏には相談した？」

これも重要な質問だ。『いないと言ってくれ、いないと言ってくれ』と脳内で千回くらい早口で唱え終えたとき、明里が気まずげに口を開く。

「……いないんだ、その求婚してきた人と別れてからは二年ずっとフリー。仕事が恋人だよ」

超重要な情報が得られた。

明里に彼氏はいない。

光の脳内に広がるのは『やったー！』と描かれた謎の大漁旗であった。

『嬉しい、じゃあ俺と結婚しよ！』と叫《さけ》びたいのはやまやまだがまだ駄目だ。ここで通報されるのは本意ではない。

光はこの七年間で鍛え上げられたポーカーフェイスで明里に告げた。

「俺と同じだね。俺も彼女いたことない」

「嘘！」

「ホントだよ。大学でも社会人になってからも忙しかったからね」

この身体は明里に捧げるため清らかなままなのである。明里は別にいらないかもしれないが、とにかく清らかなままなのである。

「光君なら本気出さなくてもいっぱい素敵な人が寄ってくるよね」

「来ないよ」

真顔で答えたが、明里は聞いているのかいないのか。美味しそうにスパークリングワインを飲んでいる。

——俺、マジで人生においてあかりちゃんしか好きじゃないし。

己の来歴を思い返すと遠い目になってしまう。

いつから好きだったのか、なんて聞くも野暮《やぼ》だ。

世の中には自分と他人がいるのだ、と認識した幼少の頃から光は明里が大好きだった。

隣家に遊びに行けばいつでも会える、つぶらな瞳の可愛い明里。

二人で遊んだり、明里から日本語を教わったりしているうちに、彼女は光にとって欠かせない、唯一無二の大切な人になっていった。

けれど成長するにつれて、明里が遠くなっていったのも事実である。

小学校の頃、一緒に帰っていたとき、明里が同級生の女子に突き飛ばされて転んだのだ。

『光君と一緒に帰らないで』

明里を突き飛ばした女子はそう言って憤慨《ふんがい》していた。

——あの頃からだ、俺とあかりちゃんが一緒にいられなくなったのは。

恋愛という個人の自由を他人に引っかき回され、強気の同性愛者には壁ドンされ、森ケ崎には合コンを強要される、そんなままならないことばかりの人生だった。

もちろん、ルックスが良くて多少得したこともある。

特待生試験でも容姿が有利に働いたのではないかと思っているし、今の会社で『顔で得したんだろうな』と思ったことは正直何度もあった。

考えすぎると自分のことが嫌になりそうだが、自分のこの独特の容姿を、より良く生きるために利用してきた面はあるのだ。

だからといってモテまくりたいとは一度も望んでこなかった。

他人の一方的で濃すぎる執着などいらない。

明里が振り向いてくれれば、それだけでいいのに。

「光君に彼女がいないのは意外だったな」

明里がぽつりと言った。

光は首を横に振る。

「マジでそれどころじゃなかったんだよ、本当に仕事が忙しくて」

迫ってくる女や一部の男のことはすべて『多忙』を理由に無視できた。でも無視してきたのは、やはり明里が好きだったからなのだ。

「そうなんだ。やっぱり頑張り屋だね……あ、いや、こんなに立派になった光君に対して、頑張り屋なんて表現は使わないほうがいいね。光君は生まれつき優秀なうえに努力家なんだよ。だからこんなすごい会社に入って活躍できてるんだと思う！」

明里が小さな拳《こぶし》を握って真剣な顔で言う。

あまりに真面目な表情に光は噴《ふ》き出した。

「いや、あかりちゃんが『頑張り屋』って言ってくれるのはすごく嬉しいよ、もっと言ってほしいくらいだ、ありがとう。ところでさ、元彼さんから結婚しようって言われてる話だけど、何か困ることがあるの？」

あくまで自然に、光は切り出した。ここからが本題だ。

「その話ね。うーん、せっかく食事しようって誘ってくれたのに、こんな話していいのかな」

明里が深刻な表情でうつむく。

妙な雰囲気を感じて、光の背が冷えた。

「どうしたの？」

「うん、あの……私、その元彼に脅《おど》されているみたいなんだ」

明里が言い終えると同時に、光の周囲の空気が凍りついた。

◆

「脅されてるって？」

向かいの席に座った美しすぎる男が、テーブルに肘をつき、身を乗り出してきた。

――う、か、格好いい……。

さっきから頭がうまく働かない。明里は真っ赤な顔で光を見つめ返す。

超絶美形は、骨格からしてすっきりと無駄なく美しいのだと、改めて思い知らされているところだ。

女の明里より透き通るなめらかな肌も、くっきりとアーモンド型の濃い灰色の目も、日光に透けるとアッシュブラウンに見える髪も、すべてが完璧だ。非の打ち所がなかった。

幼い頃から綺麗な少年だったが、今の光の美しさは一般人のものではない。

――い、い、いや、光君は綺麗とか格好いいとか言われすぎるの好きじゃなかったし、さすがに『一般人じゃない』は失礼すぎるよね。

明里は圧倒的な美貌から目をそらし、小声で言った。

「ごめんね、変な話をしちゃって。この話はやめよう」

「やめないで」

「えっ……？」

「あかりちゃんが心配だからやめないで」

この幼なじみは、自分の顔がどんな破壊力を持っているのか知らないのだろうか。明里は心臓が早鐘を打つのを感じながら首を横に振る。

「光君に関係ない話だったから……ごめんね……」

「関係あるよ。だって俺ら友達だし」

「あ……」

明里の胸がずきんと疼《うず》いた。高校時代の『大っ嫌い』宣言が脳裏をよぎる。

あのとき適当に話を合わせて森ヶ崎を追い払っていれば、今でも友達だっただろうか。

この七年間で、そう思うことが何度もあった。でも光は、今でも明里を『友達』だと言ってくれるのだ。

「よかったら、俺がその男との話し合いに同席しようか？」

「あ、ううん……そこまでしてくれなくていいの。そもそも光君にこんなつまらない話しちゃってごめんね。久々に会えて、浮かれていたのかも」

「でもさ、そいつは放っておいたら危なそうじゃん」

光が整いすぎた顔を近づけてくる。まつげが長いのに男らしい顔。毛穴の一つも見えない肌。宝石のような瞳は明里を見据えて動かない。

明里の心臓がますます高鳴った。

「脅すようなことを言ってごめんね。だけどあかりちゃんの元彼は間違ってる。嫌がるあかりちゃんに結婚を強要するなんておかしいし、無理やり籍を入れてアメリカに連れて行くだなんてぶっ殺……いや、人として間違った考え方だよ。あかりちゃんの人権を踏《ふ》みにじってるだろ？」

「ま、まあ、そうなんだけどね。一ノ瀬君は昔から強引で……」

「一ノ瀬君の下の名前はなんて言うの？」

「孝《たかし》だけど」

「そっか、一ノ瀬孝君か。五傍商事の一ノ瀬孝君」

光が真顔でうなずく。

——なんだろう今の、アサシンがターゲットの名前を確認した……みたいな表情。いやいや私の考えすぎかな？

明里は頭に浮かんだ妙な想像を打ち消し、軽い口調で答えた。

「とにかくその人が言う脅しのネタがなんなのか分からないんだ。それが地味にストレスでね、ごめんね。それだけ」

言い終えたときにアミューズが運ばれてきた。前菜の前に出される小さな一皿である。今回のアミューズはトウモロコシの冷製スープにサツマイモと鴨肉のケーク・サレ……塩味のパウンドケーキのようなものが添えられていた。

——食事も来たしちょうどいいか、この話はここで終わりにしよう。

そう思ったとき、光が言った。

「次に一ノ瀬君に会う予定は？」

「ないよ、呼ばれても無視するから」

虚勢《きょせい》を張りつつきっぱり答えると、光が首を横に振る。

「放置は得策じゃない。何をネタにあかりちゃんを脅してるのか分からないのは怖いだろ？」

「……そうなんだよね」

『おかしな写真を合成されたかも』なんて、ほぼ妄想だしあり得ないとは思うが、確実にないとは言い切れないのが不安である。

——気づかずに薬を盛られて、気を失っている間にそれっぽい写真を撮られていたら？　薬のせいで記憶さえなかったら？　とか考え始めると、確率は０％ではないんだよね。

一ノ瀬がそこまでクズだったとも思いたくない。

付き合っているときは普通の男だったのだ。

今はアメリカ赴任で舞い上がっているのが手に取るように分かるけれど。

――だけど脅されるようなネタが本当に分からなくて。それを公開されたら私、どうなっちゃうのかな。それに本当に脅してまで私と一緒にアメリカに行きたいのかな？

そう思いながら明里はアミューズのスープを一口飲んだ。甘く香り高いトウモロコシの味が口の中いっぱいに広がる。子供の頃かじりついた焼きたてのトウモロコシを思い出させる甘さだ。

――美味しい。気が紛れる。

明里はもう一さじスープをすくう。

「ねえ、あかりちゃん。俺が彼氏のふりするから、その元彼に一緒に会いに行かない？」

「えっ？　な、何……？」

光の言葉を理解した刹那《せつな》、猛烈に顔が熱くなった。

――私の……彼氏のふり……？

明里は慌てて首を横に振った。

「そんなのしなくていいよ！　大丈夫だから、ごめんね、心配かけて」

「謝らなくていいよ。だってあかりちゃんを脅すなんて許せないし」

光の表情は真剣そのものだった。

次の前菜が運ばれてきたが、光は美しく彩られた皿を見ようともしない。

じっと明里を見つめたまま、光は言った。

「その人と俺を会わせて。少しは役に立てるかもしれないから」

「で、でも、光君は忙しいのに迷惑かけられないよ」

首を横に振る明里に、光は厳しい声で言った。

「脅されてるなら一人で対応しようと思っちゃ駄目だ。脅される内容に何か覚えはある？」

すっかり当事者のような口調で光が言う。

明里は困惑しながらも首を横に振った。

「それなんだけど、本当に心当たりがないの……おかしな写真とか撮られたこともまずないと思うし、プレゼント交換もほとんどしてないし。共通の趣味は借りてきた映画を見ることくらいだったから。まあ、だから盛り上がらなくて振られちゃったのかもしれないけどね」

言っていて情けなくなるほど薄い付き合いだ。

光の見ている『誰もが自分に恋する世界』と、明里に見えている凡人の淡々とした日常はきっと大きく違うのだろう。そう思いながら明里は言った。

「だから脅しの内容もたいしたことじゃないとは思うんだ。もしくは捏造《ねつぞう》か」

光は背を正し、まっすぐに明里を見つめたまま言った。

「一緒に本人に聞きに行こう？　あかりちゃんに何をしようとしているのか。俺、人から何かを聞き出すのは得意なほうだし」

「でも……」

「男がいたほうが安心でしょ？　来週の日曜なら時間が取れるから、あかりちゃんが段取りをつけてその元彼を呼び出してよ」

明里は困り果てたまま考え込む。

――光君を巻き込んじゃっていいのかな。幼なじみだから助けてくれようとしてるんだよね。

しばらく考えたのち、明里は答えた。

「じゃあ、もし迷惑にならないのなら一度だけお願いしてもいい？　埒《らち》があかないようなら、弁護士さんか何かに相談することにする」

「法的措置に出てもいいくらい鬱陶《うっとう》しいんだ？」

そう尋ねられ、明里は素直にうなずいた。

「うん、だってもう別れたし。しかも別れたのはあっちの都合だし。迷惑この上ないよ」

光が笑みを深める。

「だったらなおさら、その元彼には引っ込んでもらわないとね」

第三章　彼氏のフリしながら本物になります

翌週の土曜日、明里《あかり》は無事に一ノ瀬《いちのせ》を呼び出すことに成功して、待ち合わせの美術館に併設されたカフェへと足を運んだ。

ここは席と席の間が広いので、くだらない会話を周りの人に聞かれずに済むからだ。

――はぁ……また一ノ瀬君と会わなきゃいけないいのが気が重い。それに光君《ひかる》に彼氏のふりしてもらうなんて信じられない。あんなイケメンが彼氏だなんて信用されるかな？

明里は様々な悩みで頭をいっぱいにしながら席に着く。

今日の席がどんな結末に転ぶのか予想もつかなかった。

――緊張して生きた心地がしない。どうしてこんなことになっちゃうんだろう。変なことに巻き込んでしまってごめん、光君。

明里は白いジャケットの下に着込んだベージュのワンピースの裾を軽く握った。ジャージー素材なのでしわにはならないが、はっと我に返ってすぐに手を離す。

一ノ瀬に媚《こ》びていると思われないよう、今日の服装も『堅い感じ』でまとめた。

このワンピースとジャケットも仕事着である。

——今日は一ノ瀬君に何を言われるんだろう？

落ち着かない。光に気をつけてと言われたのもあって、自信満々に結婚をちらつかせる一ノ瀬がいっそう不気味に思えてしまう。

一ノ瀬には、今付き合っている人を連れて行くとメッセージを送った。『いないだろ、そんなヤツ』という返事がきたが、光が口裏を合わせてくれるので『本当に連れて行く』で通した。

光のほうは、激務で大変そうである。

メッセージの返信が真夜中であることも少なくない。

だが、今日はなんとしても来てくれるらしい。先ほども『今ホテル出たから、すぐ行くから、あと十分くらいです』という連絡をくれた。

——私が一人ぼっちにならないように配慮してくれてるんだろうな。光君は昔から誰にでも優しいし、これ以上気を遣わせないようにしないと。

そう思ったとき、席に光が早足で歩み寄ってきた。

「あかりちゃん、ごめん、待たせた？」

「ううん、待ってないよ。こっちのほうこそ余計なことに巻き込んでごめんね」

小声で謝り、ウェイターを呼び止める。光はブラックコーヒーを頼んだ。激務で食事も不規則だろうに、光は肌も髪も綺麗《きれい》で体形もまったく崩れていない。

学生時代の常に努力し続けていた光を思い出す。彼は今もストイックに研鑽《けんさん》を続けているのだろう。そう思うと昔以上に手が届かない存在に思えた。

——ただの幼なじみなのに、寂しく感じちゃう。おかしいよね、光君が立派になるのが寂しいなんて。

そう思ったとき明里のスマートフォンが鳴った。

一ノ瀬からのメッセージだ。

『店の場所が分からないんだけど。どこだっけ？　地図送って』

——事前に教えたでしょ、美術館の一階だって！

明里はため息混じりにもう一度地図のURLを送り直した。

「今日の格好も可愛いね」

黒いジャケットに白いニットを合わせた、デニム姿の光が言う。

——いやいやいや、光君はファッションモデルかな、ってくらい格好いいよ。褒《ほ》め言葉は鏡に向かって言ってて？

そう思ったが、褒めてくれたのに過剰に謙遜《けんそん》し続けるのもよくない。

明里は火照《ほて》る顔でなんとか笑顔を作った。

「ありがとう。おととし買った服だから……」

余計な情報を付け加えそうになり、慌てて言い直した。

「会社に着ていく服なの」

この情報もいらなかった気がする。真っ赤になってしまった明里に、光が言った。

「へえ、あかりちゃんの会社で働いてたら、そんな綺麗な格好の君が見られるんだ」

――何言ってるの……っ！

恥ずかしさのあまり全身の血が逆流しそうだ。

「ア、ア、アメリカ暮らしが長くて、ほ、褒め言葉が大袈裟《おおげさ》になった……のかな……？」

「いや本音。すごく綺麗だよ。昔みたいに可愛い格好をしてても似合うけど」

「あ、えと、背が低いから舐《な》められないように、会社ではなるべく大人っぽい格好をしているの」

――いらない説明ばっかりしてる！

ぎゅっと唇を噛《か》んだとき、光が言った。

「俺も会社では舐められないように武装してる。時計なんてさ、先輩が指定するブランドのものを初ボーナスで買わされたんだぜ？　スマートウォッチでいいのに、ハイブランドのものを身に着けないと駄目だって」

「そうなの？　そんなことまで先輩に言われるの？」

驚いた明里は赤い顔のまま光に尋ねた。

「うん。うちの会社は、チームの偉い人がどんなふうに自分の部下をコーディネートしたいか決めるわけ。今回のお客様は純粋な日系企業だから、服装はやりすぎなくらいマナー遵守、いいスーツ、いいネクタイ、いい靴、いい時計って徹底されてる」

「今日は普段着で来てくれたんだね」

「だってスーツじゃ堅苦しいだろ？」

そう言って光が笑う。光の圧倒的な美しさに押されていた明里も、ようやく心がほぐれて笑顔になることができた。

――本当に危ない……見慣れることがないこの美貌……今でもドキドキするよ、どうしよう。

「似合ってると思うよ。スーツも素敵《すてき》だと思うし、今日の服も素敵」

「あかりちゃん……」

光が驚いたように目を見張る。

――え？　何？　私変なこと言った？

ほんのり熱い頰のまま明里は首をかしげる。目の前で光がなめらかな頰をかすかに染め、形のいい唇の両端を吊《つ》り上げた。

「ありがと」

明里は頰を火照らせたまま首を横に振った。

「ううん、光君がセンスいいんだよ」

そう言ったとき、足音が聞こえて明里は顔を上げた。

――あ、一ノ瀬君。

恐ろしいことに、しばし彼のことが頭から抜けていたのである。光の美貌がヤバいのか、彼に取り込まれすぎる自分が良くないのか。

明里は慌てて背筋を伸ばし、ウェイターを呼び止めた。

ウェイターがこちらに歩み寄ってくる。一ノ瀬はまるで悪びれない顔で明里に言った。

「悪い悪い、メールがたくさん来るから待ち合わせ場所分かんなくなっちゃって」

――人を脅《おど》しているわりに、今日の待ち合わせの優先順位が低いのね。

「メロンソーダのアイスフロートを」

一ノ瀬が緊張感のない注文をする。これが本当に明里を脅そうとする人間の態度だろうか。

「ところで今日は…………あ、あれ、この人がお前の彼氏……？」

ようやく光に気づいたのか、一ノ瀬が硬直する。

――違うけど、そういうことになってるの。

明里は嘘《うそ》をつく勇気を振り絞って、一ノ瀬にうなずいた。

「そう。昔からの友達で、今は彼氏の来生《きすぎ》君」

「うっそだろ」

目をまん丸にしたまま一ノ瀬が言った。嘘と断言されて心臓が痛くなる。

「一日レンタルお兄さんとか借りたんだろお前」

「何よ、一日レンタルお兄さんって？」

「金払えばなんでもしてくれる雑用専門の人だよ。だってこんなイケメンとお前が……」

――分かるけど。光君と私が全然釣《つ》り合ってないって分かるけど。

ますます心臓が痛くなってきた。

「こんにちは、一ノ瀬さん。俺はレンタルなんとかじゃなくて、あかりちゃんの本物の恋人です」

光の台詞に、一ノ瀬が不審げに眉根を寄せる。

明里には一ノ瀬の『信用できない気持ち』がなんとなく分かってしまった。光の顔が良すぎるのだ。それ以外にない。

「証拠は？」

「特にお目にかけられるものはないですけど……」

テーブルの上に置いていた明里の手に、ふわりと光の大きな手が重なる。

――え……？　手!?　手を繋《つな》ぐの……!?

どっくん、と心臓がひときわ大きく鳴った。

「仲はいいですよ、昔から」

「えっ……待ってください……綾瀬《あやせ》はいいヤツですけど、さすがに貴方《あなた》のようなイケメンを連れてこられても現実感がないというか」

「困ったな。どうしよう、あかりちゃん。卒業アルバム一冊持ってくればよかったね」

光がそう話しかけてくる。

手を繋がれてパニックを起こしかけていた明里は、慌ててうなずいた。

「そ、そう、だね、幼稚園から高校まで一緒だったもん……ね……」

こんなに赤くなっていてはますます一ノ瀬に怪しまれる。だが焦《あせ》れば焦るほど頭が真っ白になっていくのだ。手を離してほしい。

「本当に恋人同士ですか？」

「なりたてですけど、そうですよ」

――こ、恋人になったばかりという設定なら、私が照れていてもおかしくない。ナイスアシスト。

「貴方のお名前は？」

「来生ガブリエル光っていいます。光って呼んでください」

「光さん、遊びで付き合ってるなら綾瀬のこと譲ってほしいです。これから五年間アメリカに駐在するので日本での婚活もできなくなるし、未婚で初駐在ってのもイマイチかっこ悪くて困ってるんです」

――それって一ノ瀬君の都合だけじゃん！

思わず怒りそうになったが、ぐっと呑《の》み込む。そのとき光が英語で何かをまくし立てた。

「えっ？」

「えっ？　なんですか？」

明里と一ノ瀬の声が重なった。

「ゆっくり喋《しゃべ》ったんですけど伝わりませんでした？」

光は余裕の笑顔である。

「お、俺は英語はまだ勉強中だから。それに現地には通訳もいるし」

一ノ瀬の言い訳に光は肩をすくめ、にっこりと笑った。

破壊的に美しい笑顔に明里の目が釘付けになる。

「五傍《ごぼう》商事にお勤めなんですよね？　アメリカ駐在ということはニューヨーク支社ですか？　俺が住んでいた家もマンハッタンのミッドタウンにあるんですけど、五傍商事の社員寮ってどこにあるんでしたっけ？　……と聞きました」

「ど、どうしてそんなに英語が喋れるんですか？　外国育ちなら綾瀬の幼なじみのはずないですよね？　失礼ですけど光さんは何人なんですか？」

「日本人です。父親がアメリカ人で俺自身もアメリカ生まれなんですが、幼い頃に日本に来て、二十二歳のときに日本国籍を取得しました。だから来生ガブリエル光、という名前の日本人なんです」

——一ノ瀬君は話についていけてるかな？

明里は一ノ瀬の様子をうかがう。

彼は重ねられた明里と光の手をじっと見つめていた。

「恋人同士なのにペアリングとかしないんですか？」

「今週から付き合い始めたばかりなので」

光の口調が真に迫っていて、明里までドキドキしてくる。

「なんで急に付き合い始めたんですか？」

「彼女から相談を受けたからです。昔付き合っている男に結婚を迫られて、『何か』をネタに脅されているって。それで、俺は君が好きだから助けたいって告白したんです」

――本当のことに聞こえるよ。私まで照れてどうするの！　どうしよう、光君に任せきりにしないで私が仕切らなきゃいけないのに。

そう思うが、やはり頭は真っ白なままだ。意識が光の手のぬくもりに吸い寄せられていく。

「え、な、なんで綾瀬に？　貴方ならもっと……」

「さっきから失礼ですね。あかりちゃんは綺麗だし、優しいし、可愛いし、真面目《まじめ》だし、誠実だし、最っ高にいい女なんですけど？」

光がきっぱりと言い切る。顔から火が出そうになった。まさか演技とはいえここまで言ってくれるとは思っていなかったからだ。

「ま、まあ、確かに美人だしいいヤツですけど……すみません、あまりに光さんが綺麗な方なので、ちょっと驚いてしまって余計なことを言いました」

――一ノ瀬君まで何言ってるの？　もっとギャルっぽくて甘えてくれる子が好きだって言っ

て私を振ったくせに……。

燃え上がりそうな顔で明里は思う。

「そうです、あかりちゃんは最高にいい女です。だから俺は堂々と告白してあかりちゃんに選んでもらいました。あかりちゃんを振るなんて一ノ瀬さんに女を見る目がなかったんです」

「それはそうかも。アメリカ駐在が決まって、彼女と別れることになって、真っ先に浮かんだのが綾瀬の顔でしたし」

——ちょっと、何を光君の言葉に同意してるのよ。

明里は手を取られたまま真っ赤になってうつむいた。

「ところで一ノ瀬さんにうかがいたいんですけど、あかりちゃんに『うんと言わせるネタ』というのは、いったいなんのことなんですか？」

「え？　あれですか？　えー、光さんにお見せするのは、うーん」

「ことによっては脅迫罪になりますよ。何を『ネタ』と言っているのかは知りませんが、物によっては厳しく対処させてもらいます。会社に苦情を言わせてもらうかもしれません」

「ええ？　あんな物でなんでそこまで」

一ノ瀬が困惑したように眉根を寄せた。

——本当になんなの？　何を持ってきたの、脅しのネタとして。

明里も同様に困惑を隠せなくなる。

「俺とあかりちゃんは貴方がなんで脅してくるのか分からなくて、不安なんです」

「ああ、なるほど。たいした物じゃないし、そんな騒ぎになると思っていなかったんです。俺が彼女に惚《ほ》れられていた証っていうか……見ます？」

「見せてください」

光の口調は厳しかった。目も据《す》わっているように見える。

——そんなに本気で怒ってくれるなんて。

明里の胸が再び早鐘を打ち始める。光とはまだ手を繋ぎ合ったままだ。

「これですけど」

一ノ瀬が懐《ふところ》から出してきたのは、小さなジップ付きの袋に入れた写真だった。ショッピングモールかどこかで冷やかしで撮影した簡易プリントのシールである。

「は？」

光が美しい眉根を寄せた。明里も唖然として二人で撮影したその写真に目をやる。

笑顔の一ノ瀬と明里が並んで写っている写真シールだ。

下部には一ノ瀬がふざけて入れた『Ｆｏｒｅｖｅｒ　Ｌｏｖｅ』というピンクのスタンプが印字されている。

「これはなんですか？」

「綾瀬と俺が一番ラブラブだったときの写真です。人に見せられたら恥ずかしいでしょう？

俺はこんなものをまだ保管してるんだぞ～くらいの気持ちで……脅しとかじゃなく……すみません」

一ノ瀬の声は最後消え入りそうだった。

光が本気で『脅しを怒っている』ことが伝わったからだろう。

「これが貴方の仰るネタ、なんですね？」

一ノ瀬が無言でうなずいたとき、メロンソーダフロートが運ばれてきた。

「そうです。あ……いただきます……」

――食べるんだ。

明里は呆《あき》れ果てて一ノ瀬を見守る。モソモソとアイスを食べている一ノ瀬を光と二人で無言で見つめていると、不意に彼が言った。

「でも、綾瀬と光さんが恋人同士ってのは信じられないです。やっぱり綾瀬が雇ったんですよね」

「違います。本当に恋人同士です」

光が力強く否定する。

一ノ瀬は納得いかないように首を横に振った。

「光さん、綾瀬が雇った弁護士さんか何かじゃないですか？　頭良さそうですし。今時の弁護士さんって恋人のふりまでしてくれるんですね？」

「しませんよ。六分表に『顧客の彼氏のフリ』なんて書けないでしょう？　貴方はそんな報告書を上司に出せるんですか？　俺は弁護士じゃありません。名刺を差し上げます」

言うと光はジャケットの内ポケットから、レザーの名刺入れを取り出した。

「え……っ……この名刺は本物ですか？」

名刺を受け取った一ノ瀬が目を丸くする。

「あかりちゃんにも俺にもびっくりするほど正直な方ですね」

光が営業用だとはっきり分かる笑みを浮かべた。

「だってノル＆アンダースンって、入社できる学生は上位の一握りしかいない、超一流コンサルティングファームじゃないですか」

「そうみたいですね」

光はあくまで淡々としている。

「本当に本物か怪しいです」

「そんなに疑わしいなら会社に照会をかけてください。その名刺は本物なので。仕事では『来生光』という通称を使っているので、どちらの名前で問い合わせてもらっても結構ですよ」

そこまで言われても一ノ瀬はまだ何か言いたげだ。

「ノル＆アンダースン勤めのイケメンエリートがどうして綾瀬と付き合うんです？」

――私と光君はそんなにも釣り合わないのか。ここまで言われるといっそすがすがしいな。

明里は心の中で呟《つぶや》く。

だが自分でも分かっているのだ。光と自分が並んでいたら『芸能人と付き人だ』と。

しかし光は面白くなさそうに一ノ瀬に切り返した。

「先ほどから気になっているんですが、俺が好きになったあかりちゃんを過小評価しないでもらいたいです。俺は、物心つく前から彼女が好きでした。大学時代は一緒に過ごせませんでしたが、それでも今は一緒になれて幸せです」

聞いているだけで頭の芯がクラクラしてくる。

——う……うわぁ……何……？　すごく真に迫って聞こえて怖い……光君って本当は俳優なんじゃないの？　私のことも一ノ瀬君のことも騙してない？

明里の背中にどっと汗が伝った。

光の口調にあまりに嘘がないように聞こえて怖くなってくる。本当に『好かれている恋人』のような気分になってくるから恐ろしい。

「分かりました、今日のところは。写真シールの件はすみませんでした」

メロンソーダフロートを飲み干し、一ノ瀬が頭を下げる。

「この写真をお預かりしていいですか」

「あ、はい、どうぞ」

「次に脅しのような形であかりちゃんに接触してきたら、こちらも黙ってはいないので」

光の厳しい口調に、一ノ瀬がしゅんとうなだれた。

「恋人同士にはどうしても見えないんですけど、まあいいです。お騒がせしてすみませんでした」

深々と頭を下げると、一ノ瀬は立ち上がった。

「会計、これで足りると思うので。はぁ……どうしよう、俺の婚活」

——結局謝ってるのか謝ってないのか分かんないけど、脅しじゃなくてただのダサい写真だったのね。ああ、怖かった。誤解するようなことを言わないでほしい。

出て行く一ノ瀬を見送ると、どっと疲れがこみ上げてくる。光とは手を繋ぎ合ったままだ。

「……あの……光君、今日はありがとう……手……」

この手を外してほしい。そう思ったとき、光が真面目な顔で言った。

「あかりちゃん」

「な……何……？」

まっすぐ光の目を見られない。光は明里の手をやや強めの力で握ったまま続けた。

「もうちょっと二人で話さない？」

「いいよ、私はこのあとなんの予定もないから」

「場所を移そうか」

「ここじゃ駄目なの？」

光は周囲を見回すと、ゆっくりと明里の手から手を離した。

「そうだね。人がいないところがいい」

——なんの話だろう……？

まるで心当たりがなく、明里は首をかしげる。

「高校のときのことを謝りたいんだ。できれば静かな場所で」

——あ、あの、恥ずかしいケンカ……！

すぐになんの話かは分かった。明里は頬を赤らめ、小さくうなずいた。

「う、うん、分かった……じゃあうちに来る？　近いし」

「それはあの元彼も上がった家かな？」

やや皮肉な口調で尋ねられて、明里は首を横に振る。

「彼とは関西にいた頃に付き合っていたの。東京に戻っていたことも知らなくて、いきなり呼び出されて結婚話でしょ？　驚いたのはこっちなんだ。でも助かった。迫真の演技だったよ！」

「そうでもないよ、俺は嘘とか苦手だし」

——どういう意味？

明里は再度首をかしげたが、笑顔で立ち上がった。

「そうなんだ。じゃ、とりあえずうちに行こ？」

◆

――は、は、はい何その仕草！　可愛い、好き！

小首をかしげる明里に向けて光は絶叫した。無論心の中で、だ。鍛え上げた顔面筋で、顔を微動だにさせないよう必死の努力を続ける。

それにしてもあの一ノ瀬とかいう男は失礼すぎる。

なぜ明里と自分をあんなにも『釣り合わない』と連呼するのか。明里が隣に座っていなかったら『あかりちゃんは世界一可愛いんだ馬鹿』と叫《さけ》びながらキレていたかもしれない。

「どうしたの？」

「いや別に。相変わらずあかりちゃんは可愛いなと思って」

「もう一ノ瀬君はいないから、お芝居はいいよ……私の家に行こ」

芝居はしていない。本音がダダ漏《も》れなだけだ。

それに『明里の家』という言葉の尊さに気が遠くなる。

「そんなに気軽に呼んでくれていいの？」

「大丈夫だよ。だって光君だし」

明里が愛らしい笑みを浮かべた。

――かわ……！　いい……！

その笑みの輝きに吹っ飛ばされそうになりながら、光はなんとか人間の形をキープする。可愛すぎる、ずるい、完敗、好き、様々な単語が矢のような勢いで脳裏を飛んでいく。

「そっか、ありがと。じゃあお言葉に甘えさせてもらうよ」

微笑《ほほえ》みかけると、明里が伏し目がちに頬を染めた。

「散らかってるけどごめんね。お茶くらいなら出せるから」

そう言って明里がレジへ向かって歩き出す。光は踊り出したいのを堪《こら》えて、自分が会計を済ませて店を出た。

「私が彼氏のふりをお願いしたから、私が払う」

真面目な明里にそう言われたが、好きな子に奢《おご》ってもらいたいはずがない。奢りたいのだ。金が続く限りいくらでも。

光は明里の手からトートバッグを取り上げ、車道側《がわ》を歩き出した。

「バ、バッグまで持ってくれなくていいの、本当に彼氏のふりはさっきだけでいいのに」

明里はそう言うものの、光としてはチャンスを逃す気はない。

先ほど調子に乗って手を握ったが、嫌がられてはいなかったと思う。その事実が光に異様な勇気を与えてくれていた。

——今日は、あのときのことを謝って、高校のときから好きだったたって言うんだ……！

光は明里に悟られないよう、ごくりと唾を呑み込んだ。

緊張して気を抜けば奇妙な振る舞いに及んでしまいそうだ。

これから告白すると考えるだけで汗が噴《ふ》き出し、身体が震える。

「本当に光君ってどんな場でも落ち着いてるのね」

一人武者震いしている光に、明里が微笑みかけてくれた。

――いや、今の俺は異常だよ？　すこぶる異常だ、落ち着いて見えるなら……それは取り繕うのがうまいだけだと思う。

そう思いながらも、明里を不安にさせるわけにはいかないと、光は『ノーマル』な笑顔を返した。

「落ち着いてるかな？　仕事柄かも。単価が高い外注社員だから、あんまり頼りないところとか見せられないいんだ」

「ううん、一ノ瀬君がどんなに挑発しても話を合わせてくれて、すごいなって思ったよ？」

――いや、あれは話を合わせていたんじゃなくて、本気であかりちゃんの彼氏になりきってただけなんだ。ヤバいだろ？　なんて答えられないよな。

光は周囲から『格好いい』と言われるときの表情を思い出し、必死に顔に貼り付ける。

そして可能な限り落ち着いた声音で答えた。

「慣れじゃないかな」

『この七年、君の彼氏になった妄想を欠かさなかったから』

心の奥で、そう付け加える。

口に出したら変人なので黙っておくしかないが、光は多分一万回くらい明里とデートする妄想をしている。

退屈な会議中など、ほぼ、真剣に話を聞いているふりをしながら明里とのデート妄想を欠かさない。だからリアルに彼氏を演じられたのだ。本人には口が裂けても言えないが。

「私の家は、もうちょっと行ったところなんだ」

明里が大通りを指さして言った。

「一ノ瀬さんとの待ち合わせ場所に近すぎるよ、脅してくる相手と家の側《そば》で会っちゃ駄目だ。つけられて自宅を特定されるかもしれないし」

ストーカーの気持ちが分かりすぎている自分が悲しい。

そう思いながらも、光は明里に忠告せずにはいられなかった。

「そうなの!? そんなこと考えもしなかったけど、言われてみればそうだよね」

明里がしょんぼりとうつむく。

「いや、今日のところは俺がいたから大丈夫だよ。一ノ瀬さんに尾行されていないのもさっきから確認しているし」

「光君ってなんでも気が回るんだね」

明里が感心したように褒めてくれる。明里に褒められるというのはどんなボーナスをも超えた最高のステータスなのだが、今は喜びに転げ回っている場合ではない。

光は気を引き締め、真面目な顔で明里に告げた。

「いや、当たり前のことだよ。一人暮らしならなおさら気をつけて」

「うん。分かった、ありがとう。今回は私の考えが足りていなかった」

明里はそう言って素直にうなずいてくれた。

——本当に性格に変な癖《くせ》がなくて真面目で肌綺麗で何もかもが可愛い……ッ……！　一方の俺は年齢一桁の頃からの君のストーカーだが。

光はそう思いながら、車線を無視気味に走ってくる自転車からそっと明里を庇《かば》った。

「歩道であまり飛ばさないでほしいよね」

明里の柔らかな身体を支えながら光は言った。

「びっくりした、今の自転車危ないよね？」

絹のような髪が指に触れる。

この至高の身体に一ノ瀬が気軽に触ったことを想像するだけで、奇声を上げながらヤツを追いかけたくなる。

だが、今は明里と話すほうが優先だ。

明里に高校のときのことを謝って告白する。そう、絶対に今日告白するのだ。

『ごめんなさい』とお断りされることを想像するだけで目から血を噴きそうだ。

けれど告白しないのは無理である。小さな頃から好きすぎる。このままでは一生好きで、一生妄想しているだけの人生になってしまう。

受け入れるか引導を渡すか、どちらかにしてほしい。

――大丈夫だ、俺は、妄想のネタには事欠かないタイプだから、あかりちゃんに振られても幸せな妄想を続けて生きていく！

自分でも『ホントに大丈夫か？』と思いながら光は明里に言った。

「そうだよ。ストーカーも自転車も危ないんだから、おっとりと歩いてちゃ駄目だよ」

――一番危ないのは俺だけどね。

「う、うん。昔ほどはボーッとしてないはずなんだけどな」

明里が恥ずかしそうに髪を耳に掛けた。

肩を越すくらいのまっすぐな髪からは、いい香りが漂ってくる。

許されるなら顔を突っ込んで匂いを嗅《か》ぎたい。許されないので絶対やらないが。そのくらいいい香りだ。

「うちはそこの角を曲がったところのマンションなの」

このあたりは都心に通いやすい電車がいくつか走っている。家賃もそこそこするエリアのはずだが、明里はうまくやり繰りして暮らしているらしい。

「ねえ、光君、そこのコンビニでお茶とおやつ買っていこうか？」

一秒でも早く二人きりになりたいと思いながら、光は笑顔でうなずいた。

◆

――昨日まとめて掃除しておいてよかった。この状態なら人を家に上げられる。

明里はそう思いながら光を家に上げ、居間に通した。居間には二人用のリビングセットがあるので、そこに座ってもらう。

異次元クラスの美形が自分の部屋に座っているのが夢のようだ、と頭の片隅で思った。

――麦茶とチョコ出して、えっと。

準備をしてグラスと小皿をお盆にのせ、居間に向かう。

「狭くてごめんね」

「ううん、綺麗な部屋だ」

優しい光は築三十年の古めのマンションを、そう褒めてくれた。

「光君は今、実家じゃなくてホテルにいるの？」

「そう。会社が借り上げてるホテルだから女の子は連れ込めないんだ」

冗談めかした口調に、明里もつられて笑った。

「じゃあ悪いことはできないね」

「今ならできるけどね」

不意に光の声が低くなる。明里の胸が再び早鐘を打ち始めた。

――光君は顔が良すぎるから、何を言っても意味ありげに聞こえるんだよ。

心の中でそう思いつつ、明里はグラスを光の前に置く。

「麦茶でいい？」

「もちろん」

光はそう言うと、椅子《いす》に腰掛けたまますっと姿勢を正した。向かいの席に座ろうとする明里の腕を取り、じっと目を見つめてくる。

「な、何？」

「高校のときは本当にごめんね」

――あ……っ、あの、セックスしよ……って言われたこと……だよね……？

口に出せないまま、明里は笑って流そうとした。

だが心臓がドキドキしてうまく言葉が出てこない。

「あ、えと、全然。私のほうこそ『大っ嫌い』とか言っちゃってごめんなさい。あんなこと言ったのに、今日は助けてくれてありがとう」

「怒ってないよ。むしろ俺のほうこそ『ごめん』って思ってた。七年間ずっと心の中であかりちゃんに謝ってたんだ」

――七年ずっと⁉

驚いた明里は、光の切れ長の目を見つめ返した。艶《つや》やかな瞳に優しい色を浮かべて光は言う。

「だって悪いのは俺じゃん。悪ふざけした俺のほう」

「そ……そんなことないよ……だってあのとき光君は、しつこかった森《もり》ケ崎《がさき》さんから逃げたかったんだもんね？」

「まあ、それもあるけど」

そこで言葉を切って、光は明里の腕を掴《つか》む手に力を込めた。

「俺はあの日、関西に行っちゃうあかりちゃんに……告白しようと思ってたんだ」

「告……白……？」

かすれ声で明里は光の言葉を繰り返す。

「そう。『小さい頃から君が好きでした』って」

驚きのあまり、明里は言葉を失う。

同時にどっと寂しさに襲われた。

——そっか、高校のときは、好かれてたんだ。

告白が過去形であることが、なぜこんなに寂しいのだろうと思いながら、明里はなんとか笑顔を作る。

「ありがとう」

「それでね、再会した今も、俺はあかりちゃんのことが好きなんだ」

「え……えと……大学とかで……可愛い子……」

「いなかった」

きっぱり答えられて、明里の心が揺れた。

——どうして私、こんなに喜んでるの？

戸惑いながらも明里は答える。

「黎応《れいおう》大なら綺麗な人がいっぱいいると思うけど」

「でも、あかりちゃんはいなかった」

明里の頬がじりじりと熱くなる。

「お正月もお盆も一度も会えなかったのに」

「あかりちゃんに『嫌い』って言われて、合わせる顔がなかったせいもあるけど、そもそもは俺が『かき入れ時だから』ってバイトを入れまくってたからなんだ。特待生とはいえ、黎応大学の場合は給付金がもらえるだけで、学費が全額免除されるわけじゃなかったから」

——そっか。光君は五人兄弟だから、家にお金の負担をかけまいと頑張っていたものね。

明里は素直に納得してうなずいた。

「あかりちゃんは俺のこと好き？」

率直に問われて、明里はさらに真っ赤になった。

動けない。なんと答えればいいのかも分からない。

「わ、私は、あんな元彼選んじゃうような人間だし……好きかどうか、自信がないの」

答えて情けなくなる。同時に一ノ瀬に何度も繰り返された『釣り合わない』という言葉が脳裏をよぎった。

「光君が格好良すぎるからドキドキするけど、それが好きなのかどうかは分からないわ」

「ありがと、あかりちゃんに格好いいって言われると、生きててよかったと思える」

明里は慌てて首を横に振る。

「大袈裟！　私だけじゃなくて、光君に会った人は皆がそう思うはずだよ」

「誰かに格好いいと言われても困るんだけど、あかりちゃんに言われたときだけ嬉《うれ》しいんだ」

胸の奥で心臓がどくん、と大きな音を立てた。

「そ、そうなの？」

「あかりちゃんは俺を好きかどうか分からないって言うけど、じゃあさ、俺がもうすぐ結婚しますって挨拶《あいさつ》に来たら、喜んでくれる？」

光の問いに、明里は真顔になった。

「え……も、もちろん、お祝いを……」

「お祝いを、言いたく『ない』？」

「あ……あの……」

全身にうっすら汗をかいていることを自覚した。森ケ崎に言われた『頭に思い浮かぶ回数が多いほうを選ぶべき』という台詞が心の中をぐるぐる回る。

――光君が思い浮かばないときなんてなかったな。七年間ずっと、どうしてるんだろうって思ってた。もちろん彼氏と比べたりはしなかったけど、どんなに綺麗で立派になったんだろうって勝手に想像してた。

光の何が好きなのか自信を持って断言できないが、明里もずっと彼に惹《ひ》かれているのだ。

「答えないってことは、嫉妬してくれてると思っていいのかな？」

そのとおりだ。だから何も言えなかった。

光がゆっくりと立ち上がった。明里の腕から手を離し、小柄な身体をそっと抱き寄せる。

あまりにいい匂いがして、頭がくらりと揺れた。

――私、光君に抱きしめられてる！

硬直する明里の顔が光の手で上向かされる。あっと思う間もなく、光の美貌が近づいてきて、明里の唇を奪った。

――キスまで、してる！

もはやいつ止まってもおかしくないくらい心臓がバクバクしていた。光の唇はなめらかで、触れたことのない上質の絹のようだ。

「キスしたら少し分かった？　俺が好きかどうか」

わずかに唇を離して光が尋ねてくる。呆然としていた明里は弱々しく首を振った。

「だめ」

「何が駄目なの？」

「キスなんてされたら考えられなくな……んっ……」

再び唇を奪われ、明里は目をつぶった。何をされても受け入れようとしている自分が怖くなってくる。この美しすぎる存在に頭を溶かされてしまったのか、それとも光という人間に恋をしているのか分からない。分からないのに……。

「ん……んっ……」

かすかに抵抗の声を上げながらも、明里は口腔に侵入してくる光の舌を許していた。押しのけようと突っ張っていた手は、いつの間にか彼のジャケットの袖を掴んでいる。

光のキスはさっき飲んでいたコーヒーの味がした。舌で舌を嬲《なぶ》られるたびに脚の間が疼《うず》くように熱を帯びてくる。

幼なじみに欲情している自分に愕然《がくぜん》となった。

けれど執拗なキスを払いのけられない。

明里は力を抜き、光の舌を舐《な》め返した。

──私……何してるの……。

明里の口内を堪能したのか、光の唇がゆっくり離れる。

「何も考えなくていいよ」

「す、好きかどうか分からない人とキスするなんて不誠実だと……あ……！」

「あかりちゃんは真面目だな」

光に固く抱き寄せられて、明里は身体をこわばらせた。

「キスがよかったんなら俺を側《そば》に置いてよ。いらなくなったら捨てていいから」

明里の髪をゆっくり梳きながら光が言う。

——捨てる？　光君を？

驚いた明里は首を強く横に振る。

「そんなことできない。だって光君のことは昔から大事だから」

髪を梳いていた手が止まる。そして、明里の腰を抱いていた手がゆっくりと下がっていった。

「へえ」

頭の上で光の声がする。ぞくっと背中が粟立《あわだ》った。

「一ノ瀬さんより大事？」

考えるまでもなく明里はうなずいていた。

そんな自分に驚くこともなかった。

明里の男女交際は二回とも『この人と付き合ったら好きになれるかもしれない』という消極的なもので、幼なじみで常に気に掛けていた光とは比べるべくもない。

——頭の中から消えない人を選ぶ……。

再び森ヶ崎の言葉が浮かんでくる。あの言葉が引っかかり続けているのはなぜだろう。そう思いながら明里は素直に答えた。

「大事だよ。もう覚えてないくらい昔から大事。だけど光君は綺麗すぎて手が届かなくて、高《たか》嶺《ね》の花って感じがするの」

「俺は花じゃなくて人間だよ。それにあかりちゃんから遠ざけられるなら、この面《つら》の皮は邪魔」

「ひ……光く……」

「自分の顔、正直言うとずっと邪魔だった。だって周りの女子全員に変なルール作られて、あかりちゃんがいじめられるから近づけなくて、一部の男からは一方的に嫉妬されてボコボコにされてさ、俺が何したって言うんだよ」

——何もしてないけど……顔が良すぎたんだよ……。

明里は心の中で答える。

「でもあかりちゃんが少しでも気に入ってくれるなら、自分の容姿も個性として大事にする」

「光君……」

「好きにならなくてもいいから嫌いにならないで」

明里は腕の中ですぐにうなずいた。

嫌いになるはずなどない。

ただこの顔に幻惑されて、自分でも光の何が好きなのか分からなくなるだけだ。

「あのさ、あの一ノ瀬さんのことだけど、別に好きじゃなくても付き合ったんでしょ？」

「う、うん……そう……ごめんなさい……いい加減な女で」

光の一途すぎる告白を聞いてしまっては、自分の『もしかしたら好きになれるかも』なんて交際理由は薄っぺらく感じてしまう。

「じゃあ俺のことも、別に好きじゃなくても受け入れてくれないかな？」

――そ、そう……だよね……光君だけは駄目って……不平等だよね……？

明里は抱きしめられたまま必死に考える。

好きとは何か。付き合う理由はなんなのか。

――光君のことは絶対に頭から消えないから、一度、向き合ってみようかな？

森ヶ崎は離婚したけれど、結婚したこと自体を後悔している様子はなかった。『頭から消えない男』を選んで、その男の駄目なところが分かったから別れたのだ。

――じゃあ私も、一度くらいは、頭から消えない人を選んでみよう。

明里は勇気を出してうなずいた。

「え、いいの？」

光が驚いたように身体を離す。肩を大きな手で掴まれたまま、明里は赤い顔で光を見上げた。

「い、いいよ。幼なじみだから、意外と気が合うかもだし」

かき消えそうな声で答えた瞬間、光が形のいい口元をほころばせた。

「ありがとう」

明里は無言で首を横に振る。

「あのメロンソーダフロート男のこと、もう忘れた？」

光の問いに明里は噴《ふ》き出してしまった。

「一ノ瀬君ってマイペースだよね。もう忘れたよ。二度と相手にしないから」

「なら証拠見せて」

低い声で囁《ささや》かれ、明里の身体に先ほどまでとは少し違う、甘ったるい鼓動が刻まれる。

「一ノ瀬さんもその前の彼氏も全部忘れて、今は俺だけ見てるって証拠見せてよ」

――これって……誘われてるんだよね。

そんなに鋭《するど》くない明里にも『恋人同士のことをしよう』と遠回しに言われているのは分かった。駄目なら理由を告げて断ればいいのだ、ということも。

――どうしよう、どうしよう？　えっと、嫌じゃないけど、急に言われても！

焦《あせ》りのあまり自分がカラカラと空回りしているのが分かる。分かるのに止まらない。

しかも明里は二人も彼氏がいたくせに処女なのだ。

絶対に言えない。

こんなに美形で、絶対に女性を知っているであろう光に『セックスしたことないんです』とはとうてい言えない。

「い、いいんだけど、準備とかが何もなくて……あ！」

そう思ったとき、突然光が口づけてきた。

「……！」

声を上げる間もなかった。頭の後ろを押さえられ、強引にキスされる。先ほどまでの優しい触れ方とは違い、荒々しくて欲情を感じさせるキスだった。

だが光のキスはやむ気配がない。彼よりはるかに小柄な明里は仰《の》け反《ぞ》るようにしてただキスを受け止める。

「は……ん……っ……」

唇をなぞるように舐められ、舌に舌を執拗に絡められる。

息もできないほど深いキスだ。

よろめく明里の背にもう片方の手が回った。

自由を奪われた体勢で、明里はひたすら口腔を貪られるのを許すしかなかった。

「ん……く……」

苦しい、と思った瞬間唇が離れる。

「俺、高校のとき、あかりちゃんに『セックスしよ』って言ったじゃん？」

「……うん」

明里は息を弾《はず》ませながら、消え入りそうな声で返事をした。

「今なら『いいよ』って言ってくれるんだね」

「そう……だよ……」

答えると同時に明里の身体が軽々と持ち上げられた。

お姫様抱っこなんて生まれて初めてだ。明里を軽々と抱きかかえたまま光がベッドルームに立ち入る。服や鞄《かばん》が無造作に置かれたままで恥ずかしい。

「ここがあかりちゃんの部屋なんだ、興奮する」

「え？」

聞き返すが答えはなかった。明里の身体がそうっと優しくベッドの上に下ろされる。

「ゴムなら俺が持ってるから大丈夫だよ」

「な……なんで持ち歩いてるの……？」

「好きな人を口説くと決めた日に、持ってないわけないじゃん」

言うなり光がジャケットとニットを脱ぎ捨て、上半身を晒《さら》した。そして明里が着ていた上着に手を掛け、するりと脱がせる。

「ワンピースはどうやって脱がせればいいの？」

率直に聞かれて、明里は頬を赤らめたまま起き上がった。

「背中にファスナーが……あ……！」

説明はほとんど必要なかったようだ。明里の肩からワンピースが滑り落ちる。光が軽く引っ張ると、それは脚から抜けていった。

ぱさ、と軽い音を立ててジャケットとワンピースが床に落とされる。外からの日差ししか入ってこない部屋で、光の肌は内側から輝いているかのように見えた。

シュミーズ姿にされた羞恥心《しゅうちしん》も忘れ、明里は光と見つめ合う。

「綺麗だね」

「それは俺の台詞なんだけど」

光が笑って、じゃれるように口づけてくる。互いにベッドに正座したまま、何度も口づけをかわし合った。

「あかりちゃん可愛い」

「そんなことないのに」

「可愛くなかったら、こんなことしたいと思わない」

言いながら光がシュミーズの肩紐に手を掛けてきた。

「上から脱がせて」

「うん」

光は丁寧な手つきで薄いシュミーズを脱がすと、遠慮がちにブラのホックに触れた。

「全部脱がせていい？」

「……いいよ」

光はもう一度明里にキスすると、ブラを剥《は》ぎ取った。優しい手つきだ。

明里が胸を隠すと、身体をそっと横たえられた。

――こんな綺麗な男の人でも、セックスしたいって思うんだな。

不思議な気持ちで明里は欠点が何ひとつない半裸姿を見つめた。腰回りを覆《おお》っていたショーツも脱がされ、一糸まとわぬ姿にされる。

光はデニムと下着を軽々と脱ぎ、一糸まとわぬ姿で明里にのし掛かってきた。

「触っていい？」

うなずくと、明里の両膝に光の手がかかった。そのまま脚を開かされる。

光の視線を脚の間に感じ、明里は軽く唇を噛《か》んだ。

――光君に見られてるなんて。

意識すればするほど恥ずかしくなる。

手で隠したいと思ったとき、光の指が湿った茂みの奥に触れた。

明里は声を堪《こら》え、身体を揺らす。

触れられた場所がぎゅっと窄《すぼ》まり、下腹部に熱い火がともった。

「うち、そんなに壁が……厚くないの……」

たまに隣人の生活音が聞こえることを思い出し、明里は忠告した。

「そうなんだ。最高だね」

「どうして!?」

驚いて尋ねると、光はいたずらっぽい笑みを浮かべて、ゆっくりと指を中に差し入れてきた。

――あ……!

「あかりちゃんが我慢する声が聞けるから」

「そ、んな……あん……っ……」

指で中をこすられ、明里の腰が揺れた。

たった今まで羞恥でこわばっていた四肢から、かくんと力が抜ける。

「ん……んっ……」

明里の反応を試すように、光がゆっくりと指を抜き差しする。隘路《あいろ》が熱くなり、指を感じるごとに蜜がにじみ出すのが分かった。

膝を閉じようとすると、片方の手で阻《はば》まれる。

「恥ずかしいから見ないで」

小声で抗議したが、光の耳には届かなかったようだ。下を見た明里の目が反り返った肉杭に釘付けになる。

――え……? 大き……。

驚くと同時に、中を暴く指が二本に増やされた。

刺激が強くなり、明里はたまらずに下肢をくねらせる。

「んぁ……あっ……」

「大声出したら隣の人に聞かれちゃうんだ」

「そ、そうなの……だから……あぅっ」

長い指を突き入れたまま、花芽を親指で弄《もてあそ》ばれる。明里は脚を揺らして甘い責めに耐えた。

「い、いや、そこ、ん……！」

堪えても声が漏《も》れそうになる。

指が動かされるたびに、濡《ぬ》れた場所からくちゅくちゅと恥ずかしい音が聞こえた。

「だ、だめ、だめ……っ」

花芽を弄《いじ》られる刺激に耐えられず、明里は手を伸ばして光を押しとどめようとする。

すでに脚の間はぐっしょりと蜜をたたえ、秘裂はさらなる刺激を求めて口を開けていた。

「こうされると気持ちいい？」

指で内側の粘膜をこすりながら光が尋ねてきた。

ぐちゅぐちゅと淫猥《いんわい》な音を立てながら、明里は涙がにじんだ目で答える。

「……うん」

答えると、蜜窟をかき回していた指がずるりと抜けた。

脚の間からじわっと熱いものがこぼれ出す。

「すごく濡れてるね」

言いながら光が、その場所に顔を近づけてきた。

「だ……っ……」

駄目、と言う前に、ぐしょぐしょになったその場所に口づけられる。

信じられない。こんなところにキスされるのは初めてだ。

光の舌はそっと茂みをかき分け、つんと尖《とが》った花芽をさいなんだ。

「あ……嫌……それは嫌……っ……！」

舌先で花芽をしごかれるたび、明里の腰が浮く。ちゅ、と音を立てて吸われ、明里は大きめの声を漏らしてしまった。

「んあっ！」

恥ずかしい。恥ずかしくてたまらない。なのに脚の付け根をいつの間にかしっかり押さえつけられていて抗えないのだ。

「も……もう……やだ……っ……」

反応しては駄目だと思うのに、触れられるたびに裂け目が濡れてくるのが分かる。

晒された乳房の先が硬く尖るのが分かった。

――こ、こんなところを……光君に……っ……。

あまりの羞恥に目をつぶったとき、舌先がひくひく震える秘裂をぺろりと舐め上げた。

「あぁぁぁっ！」

明里は秘所をしとどに濡らしながら弱々しく反り返る。もう許してほしいと思う心と裏腹に、身体はもっと愛してとばかりに熱を帯びていく。

「ねえ……もう来て……」

息を弾ませ、明里は懇願する。

「分かった」

光がパッケージを破って、コンドームを肉杭にかぶせた。

――やっぱり……光君、大き……。

濡れそぼつ脚の間に、陽根の先端が当たる。明里はごくりと唾を呑《の》む。

光が、ゆっくりと中に入ってきた。

――い、痛い……かも……。

身体を押し開くそれは小柄な明里の身には余るほどの大きさだった。無理やり押し広げられて苦しいくらいだ。

「あ……だめ……ゆっくり……っ……」

思わず言葉を漏らしたが、貫く勢いは治まらない。

「ごめん、早く入りたくて加減できない」

光の、いつも落ち着き払った声にもわずかな焦燥がにじんでいる。

その事実が明里をますます興奮させた。

「んっ……でも、あ」

じゅぷじゅぷと音を立てて熱塊が明里の下腹部を満たした。

「は、あ」

息が弾む。唇にかかる自分の吐息《といき》がひどく熱く感じられた。

「あかりちゃんの中、最高」

光が身体を倒して、顔中に口づけてくる。優しく触れるようなキスを繰り返しながら、光の手が明里の右の乳房を軽やかに掴んだ。

びく、と明里の身体が揺れる。

大きな手が明里の乳房を掌《てのひら》に収め、感触を味わうように揉《も》みしだいた。

「あかりちゃん、意外と胸大きいんだな」

「や……やだ……言わないで……」

「ここは？　どう？」

光の手が一瞬右の乳房から離れ、硬く尖った先端に触れる。光を咥《くわ》え込んだ雌窟が、ぎゅうっと窄まるのが分かった。

——くすぐっ……たい……。

鋭敏になった乳房を光の指先が執拗に揉みしだく。優しい手つきだったが、触れられるたびに下腹部にチリチリと刺激が走った。

「そ……そこは……さわらな……あぁっ」

きゅっと乳嘴《にゅうし》を摘まれて、明里は思わず声を上げてしまった。

「そっか、胸が弱いんだ……覚えた」

「よ、弱く……ない……よ……？」

強がる声が震えた。

刺激を受けるたびに身体の奥に掻痒《そうよう》感が走る。隘路が脈打つように蠢《うごめ》き、呑み込んだ肉杭を繰り返し締めつけた。

先ほどまで感じていた痛みは、いつの間にか淡い快感に変わっている。

「マジであかりちゃんの中、最高なんだけど。俺のことぐちゅぐちゅいいながら絞り上げてくれるし？」

「な……何言って……っ……」

ともすれば甘い嬌声を漏らしそうになる。明里は身体を弄ばれるがままに、光の首筋に腕を回した。

「いたずらしないで」

光にしがみついたまま言うと、彼が頭の上のほうで笑ったのが分かった。

「あ、こうやって密着するの気持ちいいね、あかりちゃんの身体、すごく柔らかい」

そう言うと、光は戯《たわむ》れのように引き締まった身体をこすりつけてきた。

乳房も下腹部も、光のなめらかな肌に繰り返しさいなまれて快楽の悲鳴を上げる。

「い、いや……違うの……そういうつもりじゃ……っ……あんっ……」

「隣に聞こえるくらい大きな声出して」

「だ……だめ……んぅ……っ……」

さりさりと下生えがこすれ合う音が聞こえた。

明里はたまらずに、光の腰を脚で挟み込む。

――こんな格好したら、きっと、もっと感じちゃうのに。

そう思ったが止められない。

光が身体を揺するたびに、愛蜜がこぼれて脚の付け根を濡らした。甘酸っぱい汗の匂いが鼻先をかすめる。

「声を出してよ」

「いや……いや……っ……」

半泣きで拒み、明里は光にしがみつく腕に力を込める。

声は出したくないけれど、この快楽にもっと溺《おぼ》れたい。

明里の身体は素直にそう叫《さけ》んでいた。身体を突き上げられるたびに、快感が突き抜けていく。

「あ……やだ……変に……なりそ……」

「変になってよ。見てみたい」

光の声にはまだ余裕があるように聞こえた。

「たとえばだけど、こんなふうにしたらあかりちゃんは気持ちいいの？」

繋《つな》がり合ったまま、光が上半身を浮かせる。片手を明里の右足に掛け、大きく持ち上げた。

不自然に脚を開かれた格好のまま繰り返し貫かれ、明里は顔を覆って腰を浮かした。

「いやだぁ……っ……」

「めちゃくちゃ締まってるのに、いやなんだ？」

「いやぁ、あぁんっ」

体位を変えられたせいで、ますますはっきりと肉杭の質量を感じる。

「気持ちよさそうだね、あかりちゃん。さっきからすごくエロい匂いがする」

「ん……う……」

硬くて熱いもので奥を抉《えぐ》られて、明里の中が強くうねった。

「俺のことといっぱい絞ってくれてありがと」

「やだぁ……」

羞恥と快感でぼろぼろ涙がこぼれた。美しい目で見られながら貫かれているのだと思うと、ますます蜜窟が窄まる。

――気持ちいいのと、恥ずかしいのは……一緒なの……？

「は、柔らかいのに食いちぎられそう」

光がそう言うと、大きく息をついて脚を放した。

「ん……んっ……」

明里は喘《あえ》ぎ啼《な》きながら、再び覆いかぶさってきた光に縋《すが》りつく。

「ねえ、あかりちゃん……一緒にいこう」

囁く光の肌はひどく汗ばんでいた。

「あ……あぁ……っ……」

ぐりぐりと接合部をすり合わされて、明里の目の前に星が散った。光を呑み込んだ場所がびくびくと蠕動《ぜんどう》する。

中に収まっていた杭が脈打ったのが分かった。欲情を吐き出しながら、光は身体を起こして明里の唇に口づけてくる。

明里は背を反らし、無我夢中でそのキスを受け止めた。

――しちゃった……光君と。

未だに去らない絶頂感を持て余しながら、明里は光の汗の味がする唇をそっと舐めた。

「……ねえ、してみてどうだった？　俺のこと嫌？」

唇を離し、光が言った。明里は息を弾ませながら首を横に振る。

「嫌じゃなかったんだ？」

そう尋ねてくる光の声は弾んでいた。

「うん」

わずかにかすれた声でそう答えると、光は淫杭を抜き、まるで甘えるかのように身体中で抱きついてきた。

大きな身体に包み込まれ、明里の身体がぬくもりで満たされる。

「よかった。俺はあかりちゃんのことすごく好きだから」

しっとりと濡れた肌を重ね合いながら、明里はうなずいた。

――私も昔から、光君のことばっかり考えてるんだよ……釣り合わないのは分かってるけど、多分、すごく好きだからなんだろうな……。

小さい頃の光が、必死に字の練習をしている姿が浮かんだ。

光は家の中で英語を使っていたせいで、どうしても日本語の習得が周りの子よりも後れがちだったのだ。そのため、毎日日本語の勉強を続けていた。

二人でひたすらひらがなを練習して、日が暮れて親が迎えに来たこともある。

――ちっちゃい頃はずっと一緒に遊んでいたよね。

大きくなるにつれ、どんどん光が『遠い人』になっていって寂しかったこと。

認めた刹那《せつな》、明里の心のどこかで鍵が開いたような気がした。

――そっか、私の初恋の王子様は、隣の家の光君だったんだ。

分不相応だからと認めたくなかった思いを、明里は大切に取り出す。

それは、雛鳥のような姿をした初々《ういうい》しい恋だった。

◆

夜も遅くなったからと明里の家を辞してホテルに戻り、光は放心していた。

鏡が置かれたデスクに腰掛け、うつろな目で自分に語りかける。

——よかったな。最高だった。

鏡の向こうの自分は幸せそうな艶《つや》ピカの顔をしていた。視線だけが定まっていない。

——俺が初めてじゃないあかりちゃん……最高だった。

自分の性癖が分からない。

迷子になりそうだ。というか、すでに迷子になっている。

明里に彼氏がいたのは悔しい。

可能ならあのメロンソーダフロート男を綺麗にお片付けしてしまいたい。

そう思う一方で、童貞のくせに生意気なことばかりしてしまった、という反省心もこみ上げてきて、まず何から悩めばいいのか分からない。

だが今日は嬉しかった。

勝手に周囲が作った障壁のせいで絶対に近づけなかった明里に触れて、キスして、抱くことまでできたのだから。

光はふらふらと立ち上がると、そのままうつ伏せにベッドに倒れ込んだ。

さっきまで明里と繋がっていたなんて信じられない。

——俺の強めの妄想じゃないよな？

そう思いながら光は仰向けになった。

そして枕元に置いている『お守り袋』からコンドームを取り出す。

これは自作のお守り袋だ。作り方をネットで調べ、中に使う予定もないコンドームを入れて肌身離さず持ち歩いている。

もし人に見られても『妙にでかいお守りだな』と思われるだけですむのだ。

このような物を作成する奇行に及んだ理由は『願掛け』だった。

『いつか明里の恋人になり、彼女を抱けますように』と強く願掛けをし、中にコンドームをしまって持ち歩いていた。

この願掛けお守り袋を縫ったのは、二日徹夜したあとの久々の休日だった。

人間は多忙すぎるとおかしくなるのだが、光もその例に漏れなかったらしい。

——ゴムを持ち歩いてる理由を追及されなくてよかった。おかしいもんな。俺が準備万端なの。

だがこの自作のお守りは、人生唯一と言っていい願いを叶《かな》えてくれた。

——現実なら一生風呂に入りたくない……！

風呂は明里の家で借りたので、明里の成分がまだ全身に残っているも同然なのだ。

この貴重な状態を生涯保っておきたい。

だが社会生活があるので風呂に入らないなど不可能だ。だから悩ましいのである。

――俺が考えてることはおかしいのかな？　駄目だもう分かんないな。仕事でもするか。

光はゆらりと起き上がり、起動しっぱなしのノートＰＣを開く。

土曜日だというのに大量のメールが会社から届いていた。

――この素晴らしい日に仕事するのはやめよう。

光は見なかったふりをしてノートＰＣを閉ざすと、再びベッドに横になった。

――俺はまず何を悩めばいいのか考えなくては。

元彼に嫉妬すればいいのか。

明里と次また会うためのシミュレーションをすればいいのか。

童貞だとバレて女友達との間で笑いのネタにされている可能性を心配すべきなのか。

虚空を睨《にら》んで検討していた光は、表情を緩めた。

――最後のは、想像すると妙に興奮するからまあいいや。悩むべきは二つ、元彼駆逐作戦と、あかりちゃんとの再デート計画だ。はぁ、二つも悩みがあるのか、忙しいな。そうでなくても読まなきゃいけない資料が山のようにあるのに。

光は横たわったままベッドサイドを見た。

そこには、ショッピングモールの集客立案に関する資料が山のように積まれている。

これを全部頭に入れて、顧客の前でプロフェッショナルとして振る舞うのがコンサルタントの仕事だ。

大変なので皆どんどんやめていく。

自分はいつどんな理由で辞めるのだろう。そこまで考え、光はむくりと起き上がった。

――いや、待てよ。俺はこのプロジェクト外されたらアメリカに直帰させられるじゃないか。日本採用だけど北米法人の正社員だし。

ようやく「今考えるべきこと」が分かった。

明里とセックスしておきながらアメリカに帰ってしまうなど言語道断、光は日本にいなければいけないのだ。そんな不誠実な男であってはならない。

――俺は転職のことを最初に考えるべきなんだ。日本に残ってあかりちゃんと一緒にいる。それ以外のことは何かあったら都度考えよう。

光は一人ぽんと手を打ち、再びノートPCを開いた。

そしてとある転職サイトにアクセスする。暇なときに登録したアカウントがあるのだ。ノル&アンダースン勤めだと登録しただけで、転職の紹介メールが山のように届いている。

複数のメールの中から条件が良さそうな物を選ぼうとしたとき、スマートフォンが震えた。

「あかりちゃん！」

届いたメッセージに驚き、思わず声に出してしまう。

いったいこのメッセージには何が書かれているのだろう。

お粗末だったからもう来るなとでも書かれているのだろうか。

コンサルタントは常に最善と最悪を同時に想定せねばならないのだ。汗だくになりながらメールを開くと、そこには信じられないことが書いてあった。

『もし暇なら、明日一緒にご飯食べない？』

あまりの嬉しさに気を失いそうになったが、なんとか取り戻す。

食事の席で何を話すのかまでは書かれていない。

よって最悪の可能性はまだ捨てられないのだ。

光は吸えるだけの空気を吸って脳に酸素を供給すると、返信用の文章を一瞬で練り上げた。

『ありがとう、あかりちゃんが行きたいお店ある？』

勇気を振り絞って送信すると、すぐに返事が届いた。

『私がカレー作るから』

光はその場で立ち上がり、しばらく歩き回ったあとなんのひねりもない返事を送った。

『マジで？　嬉しい』

違う。もっと強い、原初の人類が食糧に抱いたような喜びをぶつけるべきだった。

死ぬ前に食べたいものは？　と聞かれたら『あかりちゃんが作ってくれた何か』と答える気

満々の光にとって、明里の作ってくれた食事は『聖餐《せいさん》』に等しいのだ。

泥団子だって綺麗に平らげてみせる。

しかも明里は料理上手である。

小学校の頃までは、家が隣同士なので、たまにクッキーやパウンドケーキを焼いて光にお裾分けしてくれたものだ。それがまた美味しかった。

——余計な邪魔が入るようになってからは一度ももらえていないけどな。

思い出すだけでイラついてくる。

どう考えても明里と引き裂かれていた小学校後半からの時間は理不尽だ。あのまま仲良くしていたら、もしかしたら初々しい高校生カップルとして結ばれていたかもしれないのに。

——想像するだけで興奮するな。俺の家には兄弟が他に四人もいて自由な空間なんてなかったし、あかりちゃんと二人きりでセックスなんて絶対できないもん。すげえ我慢したんだろうな、もし付き合えてたら。ずっとお預けなんて想像するだけで興奮する。

それに大学時代に遠距離恋愛になったら、バイト代をつぎ込んで長期休みごとに関西まで駆けつけただろう。

架空のことを真剣に考えていたら五分ほど過ぎていた。明里から返事が届いている。

『よかった。じゃあ明日の昼、暇なら来てね』

光はその返事を読み立ち上がった。

『もちろん行くよ、カレー一緒に作ろうか？』

返信を打ちながら片手でノートPCを開く。

――明日はあかりちゃんとデートだから、この仕事の山を片付けておこう。

光は上から順にメールをチェックし始めた。

明日に最高のご褒美が待っていると分かれば頑張れる。

そう思いながら光はものすごい勢いでキーボードを叩《たた》き始めた。

◆

翌日、光は『仕事は片付け終わったから』と、午前中に顔を出してくれた。そして材料を切るところから全部、ほぼカレー作りを引き受けてくれたのだ。

「結局カレーは光君一人に作ってもらっちゃった。光君って本当になんでもできるね」

「いや、明里ちゃんの家でカレー作れるなんてこんな興奮することある？」

「え？　興奮？」

空耳だろうかと首をかしげると、光は極上の笑顔で答えてくれた。

「なんでもない。嬉しくって張り切りすぎちゃっただけ」

リビングの向かいの席に座った光が微笑《ほほえ》んだ。明里もつられて微笑む。

――ほ……ほんとに格好良くて落ち着かない……。

そわそわしている明里に、光が言う。

「楽しいね、今日」

「うん」

明里は頬を火照《ほて》らせて素直にうなずく。

ただご飯を作って一緒に食べただけなのに、とても楽しかった。うなずく明里を見て、光が美しい顔に優しい笑みを浮かべる。

「俺はあかりちゃんと過ごせるのがすごく幸せなんだ」

ストレートな言葉に、ますます明里の顔が熱くなる。

「私も。光君とこんなふうに過ごす日が来るなんて思わなかったよ」

「俺は思ってたけどね」

「どういう意味？」

「えっと、そうだな。あかりちゃんと一緒に過ごしたいってずっと想像してたってこと。だから嬉しいんだ」

光の言葉に、明里は微笑んだ。きっと『ずっと好きでいてくれた』という意味に違いない。

「ありがとう」

「あーあ、俺も日本に家を借りてあかりちゃんを呼べたらいいのにな」

光の呟《つぶや》きに、明里の心臓がどきっと音を立てる。

——あ、そうか。光君の本拠地はアメリカで、今はホテルで仮住まいしているんだものね。

かすかに胸が痛くなる。

光が今の会社に勤めている限り必ず日本を発つときが来るのだ。

世界中に支社があり、社員はどこにでも行かねばならないというのは調べた。

——アイスランドやモンゴル、南アメリカでもコンサルティングの実績あり、って書いてあったな。光君は次にどこに行かされるんだろう？

特に光は優秀そうだから、きっと世界中を飛び回ることになるのだろう、とも思っている。

——私のために日本に残れなんて口が裂けても言えないよ。キャリアがもったいなさすぎる。

明里は胸の痛みを無視して笑みを浮かべた。

「ホテルで暮らしているのもうらやましいけどな」

「そう？　会社の借り上げじゃなかったらあかりちゃんを呼べるんだけどな。ごめんね」

「えっ、ううん、そんなところに部外者連れ込んじゃ駄目だよ、集まるならうちで集まろう？」

慌てて首を横に振ると、光がまた微笑んだ。

「俺、あかりちゃんの家大好き。上がり込んでいいならまた来るよ」

甘い声音に胸がとくんと小さな音を立てる。

「いいよ、もちろん」

「歯ブラシ置いていっていい？」

明里は目を丸くする。

「構わないけど、なんか恋人同士みたい」

「恋人同士だよ」

光はそう言うと、立ち上がって明里のところに歩み寄ってきた。そして、身をかがめてキスをしてくる。

かすかにさっき食べたカレーの匂いがした。

「恋人同士だからこそあかりちゃんの『領地』にマーキングしたいんだ。マーキングなんて動物みたいだけどさ、そうしたい気持ちが今ほどよく分かることはない」

「光君てば、何言ってるの。マーキングなんてしなくても、ここには光君しか来ないよ？」

「へえ、そうなんだ。嬉しい」

明里の頭をお腹に抱いて、光が笑った。長いしなやかな指が明里の髪をそっとすく。

「ねえあかりちゃん」

「なあに？」

抱擁されてドキドキしながら明里は答える。

「俺、あかりちゃんのことを絶対に大事にするから、気になることがあったらなんでも言ってね」

澄み切った光の目を見つめ返しながら、明里は考えた。

――気になることか。確かに会社のことは多少気になるけれど、それはどうしようもないもんね。その気があるなら、光君のほうが日本に会いに来てくれるでしょ。それより、なるべく光君の負担にならないようにしたいな。

いつまで日本にいるの？　という問いを呑み込んで、明里は腕の中で素直にうなずいた。

第四章　みんなとってもアグレッシブ

家でカレーを食べてのんびり過ごしたあと、光《ひかる》は『明日は朝三時に起きなきゃいけないから泊まれないんだ』と言って、昨夜の夕方過ぎに帰って行った。

――改めて思うけど、ハードすぎるね。ノル&アンダースン・カンパニー。

明里《あかり》がネットで調べた限りでも、光の会社は『超高給』『超激務』『超エリート』の言葉が並んでいる。

日本でトップクラスの大学から、さらに選ばれた学生だけが入社しているらしい。

――光君はその一人、ってことか。

明里はしみじみと光のすごさに思いを馳《は》せた。

光は昔から、秀でた容姿に甘えて遊び回ることもなく、ひたすら真面目《まじめ》だった。ストイックすぎるよ、と声をかけてあげたくなるほど真面目だったのだ。

そうやって努力を重ねた結果が今の光だから、邪魔をしたくない。

恋愛よりも仕事が大事なのは当たり前だ。

なんとも言えない気持ちで、明里はベッドにうずくまったまま、ぎゅっと枕を抱いた。

――光君……一時帰国って言ってたから、そのうちアメリカに帰っちゃうんだよね。

付き合い始めたばかりの今する話ではない、と分かってはいるものの切ない。

別に、光になんでもかんでも安心させてほしいわけではないのだ。

アメリカに帰るまでの関係なら、そうだときっぱり言ってくれれば、それでいい。

――だってあんなに努力して獲得した仕事だもの。私のために捨てろとは言えない。どうしても彼が日本を去ってしまうのが納得できないなら、私のほうがアメリカまで追いかけるくらいの気合いを見せるべきだよね。恋愛って平等なものだと思うし。

明里はため息をついた。

そろそろ起きて出勤の支度をしよう。そう思いながら起き上がる。

朝の光に照らされた部屋はがらんとして見えた。

昨日も一昨日も、ここにこの世の物とも思えないほどに美しい人がいたのだ。現実感がない。

何度もじゃれ合ってキスしたことも夢なのではないかと思えてくる。

そのとき明里のスマートフォンが鳴った。

光から送られてきた短いショートメールに、写真が添えられている。

朝食とは思えないほど豪華な食事だが、よく見ればサラダが中心でカロリーは抑えられていることが分かる。高級ホテルのブレックファストメニューに思えた。

『仕事でパワーブレックファストしたんだ。美味しかったからいつか余裕あるときに行こう』

当たり前のように誘われて明里の耳が熱くなる。

――やっぱりこうして一人でいると信じられないや。私と光君が恋人同士なんて。

そう思いながら返事をしようとしたとき、森ケ崎《もりがさき》からのメッセージに気づいた。光との甘い時間を思い返しながら悶々《もんもん》としていたので、気づかなかったようだ。

――ごめん、森ケ崎……て言っても、別に即レス求めてないよね、あっちも。

そう思いながら明里はメッセージの内容を見る。予想したとおりの内容だった。

『土日のどっちか飲みに行こ！』

光は土日に時間があれば会いに来ると言っていたので、微妙に予定が重なってしまった。

――そ、そっか。光君と付き合い始めたって話さないとフェアじゃないかも。知り合いだもんね、二人は。

森ケ崎が『五回振られたから未練はない』と言っていたことを思い出し、明里は深呼吸した。

やはり、高校時代からの友人に『あの』高嶺《たかね》の花だった光と付き合っていると話すのは抵抗感がある。

というより、『嘘《うそ》でしょ？』と思われて終わりそうだ。

一ノ瀬《いちのせ》の反応を見ても分かるように、明里と光は釣《つ》り合っていないのである。

――でも森ケ崎には話しとこう。あとで知られて隠してたって思われるのも嫌だし。

そう思いながら、明里は森ケ崎に返信をした。

『日曜の夜ならいいよ』

朝三時に起きる光は、出勤に備えて夜は帰ってしまうはずだ。

『土曜に何があるのよ？』

ちょうどスマートフォンを弄《いじ》っていたようで、即レスが返ってきた。

『用事があるの』

『男？』

ズバリ聞かれて明里は凍りつく。すぐに次のメールが届いた。

『男なら許すけど、真剣交際に発展する前に待って？　私からもちょっと話があるんだよね』

『どういう意味？　なんの話？』

訳が分からずに尋ね返すと、森ケ崎はこう答えた。

『突然だけど今日の夜に軽く飲も？　綾瀬《あやせ》の住んでる駅まで行くからさ』

わざわざここまで来るとはよほどのことらしい。明里は困惑しながらも返事をした。

『いいよ！　了解』

◆

一方の光は、パワーブレックファストに突如参加してきた、謎の女を持て余していた。

——え？　チームの新規メンバーじゃないの？　つか他の社員さんも困惑してるじゃん。誰なんだよこの女。

全身をハイブランドに身を包んだ女は、場違いにおっとりした口調で言った。

「父のゴルフ写真を見せてもらって、来生様《きすぎ》にお目にかかりたくてうかがったんですの」

朝七時集合だというのに、巻き髪に完璧なメイク。顔立ちは整っている。所持品の合計額は一千万近いのではないだろうか。

時計とアクセサリーにはダイヤがびっしり埋め込まれていて、いずれも女子憧れの最高級ジュエリーの定番品だ。

手にしているバッグもこれまた百万円はくだらないハイブランドの人気商品である。

光は誰にも悟られないよう、静かにため息をついた。

おそらく女が言っている『ゴルフ写真』とは、先週の土曜に光も参加したゴルフのものだ。

社長がスマートフォンで写真を撮りまくっていたのをなんとなく覚えている。

——ゴルフの写真を見て、俺に会いたいから来た？　頼んでいないから帰ってほしい。この席は仕事の打ち合わせをする場だぞ？

冷淡に光は考える。

『自分目当てで近づいてくる女』には昔から敏感だし、苦手なのは変わらない。

——周りの社員さんたちの様子を見るに、この女が突然参加してきても文句は言えないんだな。

光は自分の上司をちらりと振り返った。

目で誰だ、と問うと、上司は光に一瞥《いちべつ》をくれ『おそらく社長のお嬢様だ』と囁《ささや》きかけてくる。

——このお嬢様、社内のプロジェクトチームの打ち合わせに男あさりに来たのかよ？

呆《あき》れと共に、光は顔面を渾身の営業スマイルに置き換える。

「失礼ですが、社長のお嬢様でいらっしゃいますか？」

光の問いに、急遽《きゅうきょ》追加された席にのこのこと座った女がうなずいた。

「まあ！　私ったらご挨拶《あいさつ》が遅れてしまって！　さようでございますわ。豊崎鈴加《とよさきすずか》と申します」

——ふん、やっぱり社長の娘なんだ。一応、この会社の社員なのかな？

なんにせよ、なぜ自分が相手をせねばならないのか分からない。斎川《さいかわ》土地開発の社員たちに視線をやると、誰もが気まずげにうつむいてしまう。

三十代の女子社員が思い切ったように、鈴加に話しかけた。

「鈴加さん、今日は打ち合わせですので、来生さんとは別のお席で……」

「父とのゴルフ、楽しかったですか？」

鈴加は、女子社員の語りかけを無視して光に話しかけてきた。

無視された女子社員の表情が凍りつく。どうやらこの『鈴加さん』は社長のワガママお嬢様で、誰の手にも負えない存在のようだ。

「打ち合わせを続けましょうか」

そう語りかけたが、斎川土地開発の社員たちは誰も何も言わない。鈴加はそれを満足そうに見回すと、続けて光に話しかけてきた。

「私もゴルフが大好きなんです。よかったら来週の……」

「すみません、朝のうちに決めてしまわないといけないことがあるので、あとでうかがってもよろしいでしょうか？」

光は鈴加の話を遮《さえぎ》った。

「そんな意地悪を仰《おっしゃ》らないで。『この私』がゴルフにお誘いしているのに」

ずいぶんと自分に自信があるようだ。

光は無言で首を振る。

様子をうかがっていた上司が、話に割って入ってきた。

「豊崎様、あとで弊社の来生をお貸しいたしますので、この場は打ち合わせを始めさせていただいてもよろしいですか？」

――貸すだと？　おい、ふざけんな……！

心の中で上司に毒づいたとき、鈴加がほんわかと笑って小首をかしげ、柔らかな声音で言った。見た目上は無邪気とはいえ、制止する社員を無視して話し続けるふてぶてしい態度から見て、こんなものは演技に違いないが。

「まあ！　ごめんなさい。私ったら、お邪魔してしまったのね？」

——本気で分からなかったんですかね？　そうですよ。邪魔です。

心の中で毒づき、光は口をつぐむ。

『あとで来生を貸す』などと安請け合いしてくれた上司が憎たらしくてたまらない。

鈴加が席を立って、馴《な》れ馴れしく光の傍《かたわ》らまで歩いてきた。

「明日のお昼休みにコンチネンタルスクエアの噴水前で待ち合わせしませんこと？」

「あいにくその時間帯も会議で」

「そんな！　上司の方がお許しくださいますわ？　ね？」

上司が一瞬無表情になり、すぐに愛想笑いを浮かべた。

「もちろんです。来生、お嬢様のご相談をおうかがいしてこい」

——あっそう、俺を差し出すワケね。

めちゃくちゃに腹を立てながらも、光はもう一度渾身の営業スマイルを浮かべ直した。

「かしこまりました」

「必ずいらしてね。いらっしゃらなかったらここにお迎えにうかがいますわ」

鈴加はそう言い残すと、優雅な足取りで去って行った。

光は上司のほうを振り向かずに尋ねる。

「彼女の対応はどの案件に計上すればいいですか？」

斎川土地開発の社員たちは何も喋《しゃべ》らないままだ。鈴加という女はよほど煙たがられ、かつ恐れられているらしい。社内でやりたい放題なのだろう。

『そんな嫌な顔をするな。この会社は社長の意向が非常に通りやすい。娘のご機嫌を取っておけば、のちのち金になる可能性が高い』

上司は小声かつ早口の英語でそう囁きかけてくると、別人のように愛想のいい笑顔になった。

「では皆様、本日の議題に入りましょう。駐車場の導線設計について弊社の来生から提案がございます」

◆

その日の夜、明里は急遽呼び出しをかけてきた森ケ崎とレストランで落ち合い、向かい合って座っていた。

「どうしたの？　急に。平日はお酒飲まないんじゃなかったの？」

「許せ」

唐突に謝られて、明里は目を丸くした。

「何を？」

「私、実はこの二年間、来生君から綾瀬の監視を頼まれていたんだ」

「はぁ？」

とっさに、何を謝られているのか分からなかった。

驚きに明里の声がひっくり返りそうになる。

「あのね、二年くらい前、離婚後にフラフラしてたらさ、偶然来生君と会ってさ……あの人が超すっごい会社に入った話は聞いてたから、『合コンして』って頼んだわけ」

高校のときから薄々思っていたが、森ヶ崎は考えたことをまっすぐ行動に移しすぎである。

「せ、積極的だね。森ヶ崎」

「でもそのとき『もう来週にはアメリカに行くから無理だ』って言われてさぁ。じゃあ日本に帰ってきたら合コンして、って頼んだわけよ」

「そんなにも合コンしたかったの？」

森ヶ崎は深刻な表情でうなずいた。

「だって、えっと、名前忘れたけど、来生君が入ったのは超すごい会社じゃん」

――その程度の認識か。さすが森ヶ崎。

いろいろな意味で感心していると、森ヶ崎が続けた。

「それに私、実はさ……ごめん。来生君の好きな人が綾瀬だって高校の頃から知ってたんだ」

「そ、そうなの？　合コンの話は終わり？」

この話はどこに転がっていくのだろう。明里は息を呑《の》んで成り行きを見守る。

「うん。だからみんな綾瀬を牽制してたの。『ヒカルくんに近づくな！』って」

「全然知らなかった。来生君に好かれていたのも知らなかったよ」

驚いて首を横に振ると、森ケ崎が言う。

「綾瀬のそういうところ、今は好きだけど当時はイラついたなぁ。だけどごめんね」

いきなり謝られて、明里は目を丸くする。

「もういいって。七年も前、高校のときのことでしょ？」

「いや、高校生でも悪いことは悪い。くっつくはずの二人の仲を裂いてたんだからさ。ホント
ごめん。あとね、こっちが本命の謝罪なんだけど」

「ま、まだあるの？　何したの森ケ崎」

「私、この二年間、綾瀬の写真を来生君に送ってたんだ、綾瀬の許可なしに」

「えっ？　なんのために？」

「私が申し出たんだよ……合コンしてもらう代わりに綾瀬の写真を来生君に送るって」

訳が分からないことこの上なかった。

「あの、私の写真なんて、来生君は欲しがるの？」

明里の問いに、森ケ崎は深々とうなずいた。

「めちゃくちゃ欲しがるよ」

「撮影したとしても飲み屋の写真ばっかりじゃない？　逆に呆れられるんじゃないかな？」

そう尋ねると、森ヶ崎が力強く首を振る。

「いやもうめちゃくちゃ喜んで『尊い、感謝、尊い、感謝』って電話で叫《さけ》んでた。語彙《ごい》がなくなるくらい嬉《うれ》しかったんじゃないかな」

明里の知る光像と別人すぎて、簡単には想像できなかった。どんな喜び方だろうか。

「ホントはしちゃいけないことだよね。だけど私が余計なことしなきゃ、今頃二人はヤってたのにな……って思うと、すっごい罪悪感があって、キューピッド気分で頑張っちゃったんだよね」

「どんな罪悪感よ！」

露骨《ろこつ》な謝罪表現に明里の声がひっくり返りそうになる。

「いやそれはもう、人の初恋を壊したというとてつもない罪悪感だよ」

「た、確かに森ヶ崎は写真撮るのが好きだなとは思ってたけど、そんなことに使ってたのね」

にわかには信じがたい。

光がそこまで自分に執着しているとは想像しにくかったからである。

もっとライトに『再会したら付き合いたくなった』くらいの気持ちかと思っていた。

「来生君は綾瀬の写真をかき集めて絶叫するくらいあんたのこと好きだから、それだけは言っとかないとと思って。どっかの男と付き合う前に、綾瀬は一度ちゃんと来生君に向き合ってほしい」

呆気《あっけ》にとられた明里に、森ケ崎は神妙な顔で続けた。

「でないと私の合コンもなかったことになるし」

――ひ、光君は、森ケ崎には私が好きって話していたってことなの？

考えたら猛烈に恥ずかしくなり、明里は小声で言った。

「え、あ、う、うん……もうされたよ……告白」

自分が顔だけでなく、首のあたりまで真っ赤になっていると自覚せざるを得ない。

「もうされたの？」

森ケ崎が腰を浮かせて尋ねてくる。周囲の人が何事かとこちらを見た。明里は手振りで『座って』と合図し、小声で続けた。

「そうなの。先週の土曜にされたからすごく最近なんだ」

「マジか！　じゃあもう付き合ってるのか！」

真っ赤になってうなずくと、森ケ崎は大きな目をさらに見開き、ニコッと笑った。

「ならいいんだ。私の直感で『綾瀬に男ができたな』とは思ったけど、来生君ならいいんだ。

全然違う男と交際始めてたらどうしようかと焦《あせ》っちゃった。そうなったら来生君が死ぬからな」

「いや、そんなことくらいで来生君は死なないよ、大袈裟《おおげさ》ね。だけど森ケ崎は私と来生君をくっつけようとしてくれてたんだね」

「うん。綾瀬と来生君の邪魔をしたのは高校時代の私らだし。来生君は綾瀬がずっと好きだしね。くっついてくれたらいいと思ってたよ」

森ヶ崎は本気で反省している様子だ。

「写真の件は本当にごめん。肖像権を侵害してたし」

「いや、別に、来生君に送るならいいけど、幼なじみだから」

明里の答えに、森ヶ崎が眉根を吊《つ》り上げる。

「そうやってすぐに人を許さないの！　でも私としては本当に、壊しちゃった来生君と綾瀬の初恋をなんとか繋《つな》ぎ直したかったんだよ。来生君の会社の人と合コンもしたかったしさぁ」

相変わらず我欲と素直さがストレートに混じり合った女である。

冷静に考えれば結構ひどいことをされているのに、憎めない。

――ホント、これが森ヶ崎の個性なんだろうな。敵も多そうだけど私は嫌いになれないや。

そう思いながら明里は言った。

「分かった。今日奢《おご》ってくれたら全部チャラにするよ」

「え？　安！　それだけでいいの？」

「今がまああ幸せだから許すよ」

「まあまあ？　来生君と付き合えてそこまでは嬉しくないの？」

首をかしげる森ヶ崎に、明里は少し迷った末に告げた。

「えっと、来生君とは、彼がアメリカに帰るまでの付き合いになりそうだから、追いかけるのか、遠距離するのか、そこで終わりにするのかは、いつか決めなきゃいけなそうで、幸せばっかりという感じじゃないかも」

言いよどむ明里の前で、森ケ崎がみるみる鬼の形相になる。

「はぁ？　来生君はそんな態度なわけ？」

「まあしょうがないよ、ノル&アンダースンで働いてるんだもん。忙しすぎて世界中を飛び回ると思うよ、これからも」

「分かった。その分だと合コンもこのまま流されそうだね」

――森ケ崎、これは本気で怒ってる。その合コンにすごく期待してるんだな。

「綾瀬、あのね、あんまり物分かりよくならなくていいからね？　腹立ったら私にも来生君にも怒りなさいよ？」

「う、うん。そうだね」

確かに明里はあまり人と揉《も》めない。今回の件もそうだし、一ノ瀬ともその前の彼氏とも、相手の言うがままに付き合って別れた。

物分かりよく、抗うこともなく。

光にも同じ態度では、変わらない結果が待っているだろう。

「来生君はあれだけ一途なんだから、綾瀬のことちゃんと考えてくれると思うけどね」

「一途かどうかは知らないけど、すごく女性慣れしていると思う」

コンドームを持ち歩いていた光の余裕綽々《しゃくしゃく》な態度を思い出す。

『好きな人を口説く日に、持ってないわけないじゃん』

あの台詞といい、セックスの巧みさといい、恋に慣れた男にしか思えない。

明里と会わない七年間は誰とも付き合わなかったと言っていたが、『遊ばなかった』とは言っていなかった。まあ明里のほうも『処女である』とは伝えていないのだけれど。

――というか、光君が周囲から放っておかれるはずがないのよ。

しかし森ケ崎はきっぱりと首を横に振る。

「いや、そんなことないと思う。女になんて慣れてないと思うよ」

「そうかなぁ？」

明里には、光が余裕のない男にはとうてい見えない。

未だに『自分は彼の魅力に幻惑されて、夢を見ているだけなのではないか』と思えて仕方がないほどなのに。

「綾瀬それ、絶対誤解。あんたの目に来生君がどう見えてるのか知らないけどさ、私が会ったときなんて頭がキノ……いや、いいや。あとは二人で話し合ってちょうだい。ところで来生君は今、どこに住んでるの？　実家？」

「えっと、会社が借りたホテル。コンチネンタルスクエアの側《そば》に大きなホテルあるでしょ？」

「あー、あそこか。あの高級ホテル。さすが金持ってる会社は違うね」

森ヶ崎はそう言うと、店員を呼び止めて『オーダーお願いします！』と声を張り上げた。

◆

――アメリカの家を引き払って、日本に帰ってくるまでに何日くらいかかるんだろう？

もはや会社を辞める気満々の光は、短い休憩時間に海外の引っ越しサービスを調べていた。

引っ越し丸投げパックのようなサービスも金さえ払えばあるらしい。

だが立ち会いは必要だ。

一度はアメリカに帰らねばならない。

――あかりちゃんとこんなに早く進展できるとは思ってなかった。というか、日本に帰って
あかりちゃんに会えた嬉しさに俺は……。

実際の光は引っ込み思案である。

たくさんの女子に追い回されても逃げることしかできない。

そんな不器用な男が好きな子に告白する数少ないチャンスを得たら、後先考えずに『して』

しまうに決まっている。長年の妄想で練りに練り上げたエロいことを全部。

「来生」

「はい」

光は引っ越しサービスのページを閉じて上司の呼びかけに顔を上げた。

「行ってこい」

先ほどの鈴加というお嬢様との待ち合わせのことだ。

昨日の朝の顛末《てんまつ》を知っているメンバー全員が微妙な表情でこちらを見ていた。

光は無表情を装い、英語で尋ねる。斎川土地開発側のチームメンバーには英語が堪能な人間がいないからだ。

『行かなきゃ駄目ですか？　俺、彼女いるんですけど』

『さっき説明しただろう。この会社は社長の影響力が強い』

『影響力が強いから、社長のお嬢様は野放し、ですか？　斎川グループの企業にしてはコンプライアンスが甘いですね』

『そこは俺たちの知ったことじゃない。俺たちのミッションはコンサルティングフィーを獲得することだ。お前も金額のノルマを達成できなかったら、せっかくアソシエイトに昇進できたところをジュニアに逆戻りだぞ』

確かに光は同期入社の社員を抜き、一段階出世している。

――いつ辞めてもいい、って気持ちは変わらないけど、退社するときの職務も結構重要だよな。どこまで出世して辞めたかで次の会社での評価も変わってくるし。降格されないよう賢く立ち回れってことか。

そう思いながら光は立ち上がった。

「分かりました。じゃあお先にお昼失礼します」

もちろん鈴加に会いに行くつもりはない。

職位をダウンさせられる前に転職を早めるだけだ。近いうちに動こう。

光はプロジェクトルームを出ると、そのままビルの地下に直行し、地下鉄で一駅先の商業施設に向かう。

そこのカフェで食事を済ませて、休み時間が終わるギリギリ前にプロジェクトルームに戻った。

——ん……？

室内はお通夜のような雰囲気《ふんいき》だ。業務時間中だというのに『プロジェクトメンバーではない』女が佇《たたず》んでいる。

鈴加だ。今の彼女は、一応首から斎川土地開発の総務部所属の社員証をぶら下げている。

——おいおい、また来たのかよ。

さすがのしつこさに、光も後ずさりしそうになった。

「来生、お嬢様との待ち合わせに現れなかったそうじゃないか。場所を間違えたのか？」

上司が尋ねてきたので、光は嫌々ながらも答えた。

「そうみたいですね、失礼しました」

「では、今から二人で出かけましょう?」

鈴加が笑顔で言う。総務部の仕事をどうするんだ、と突っ込みたいのはやまやまだが、光は最低限の言葉を返す。

「申し訳ありません、仕事の時間なので」

「先約があったでしょう? ちゃんと守ってちょうだい」

氷のような声だった。仕事中にいくら公私混同をしても許される、そんな自信がにじみ出ている。光の大嫌いなタイプの女である。

上司が光に英語で囁きかけてきた。

『来生、このお嬢様の言うことを聞いてこい』

『これってほぼ俺に対するパワハラですけど? 午後の打ち合わせはどうするんですか?』

『いいから行け。俺が代行しておく。お前は彼女から金になる話を引っ張ってこい』

——うわ、ムカつく……。

光は深呼吸してなんとか苛立《いらだ》ちを治めると、笑顔で鈴加に向き直った。

「先ほどは失礼しました」

「いいんです。このビルは複雑だから迷ってしまわれたのでしょう?」

——雇われ社長の娘の分際で鬱陶《うっとう》しいことこの上ないな。

光は心の中で毒づいた。

豊崎社長は、斎川グループのオーナー一族の人間ではない。親会社で功績を挙げて、子会社の斎川土地開発の社長として抜擢された人物のはずである。

噂《うわさ》では、斎川グループ総帥の息子が社長に相応《ふさわ》しい年齢になるまでの『繋《つな》ぎ』らしい。

本人がそれを分かっているからこそ、社長でいられる今だけはと強硬な『ワンマン経営』に勤《いそ》しんでいるらしいのだ。

業績は出ているので、親会社は豊崎社長のやり方をすべて黙認している。

鈴加を総務部付けで入社させたのも社長の独断らしい。

光の観察眼が正しければ、鈴加はろくに仕事をしていない上、社員たちにも高圧的に振る舞っている様子だが。

――この会社では、『社長令嬢』の機嫌を損ねれば、ワンマン社長の機嫌を損ねるに等しいってことなんだな。あーあ、やだやだ。また変なのに気に入られちゃったよ。

ふと脳裏に、手作りのお菓子に髪やら血やらを入れて贈ってきた女生徒の顔が浮かんだ。

『ヒカルくん、あいつのお菓子絶対食べちゃダメだよ、ヤバいから』と他の女子に密告されていなかったら、気にせず兄弟にあげていたかもしれない。

以降、光は手作りのお菓子は全部捨てるようになってしまった。

あのときに感じた嫌悪感と似たものを覚える。

鈴加からは度を超した執着というか、光をなんとしても好きなように扱ってやる、という支配欲を感じられて仕方がない。

——嫌だな、どうにかして避《さ》けたい。だけど俺にはもうあかりちゃんがいる。ガキのときみたいにただ逃げ回っているだけじゃ駄目だ。

そう思いながら光は鈴加について黙って歩いていった。

「来生さんは黎応大学を首席で出て、ノル&アンダースン・カンパニーにインターンから入社なさったのよね。そして入社二年目でアソシエイトに昇進された」

鈴加の言うとおり、自分は履歴書的には輝かしい経歴の持ち主だ。

だがその『輝き』は断じて鈴加に捧げるものではない。

——俺のいいところは全部、あかりちゃんの物なんだよ。

不機嫌にそう思いながら鈴加についていく。どこに行くのだろうと思っている光に、不意に鈴加が言った。

「本当に素敵《すてき》でしたわ、来生さんのゴルフ姿」

ビルの中庭の噴水前で鈴加が足を止める。光も仕方なく立ち止まった。

噴水の脇に『コンチネンタルスクエア』という石碑が建っているのが見えた。ビル名になぞらえた広場名である。

ここは公共施設のような役割を兼ねた庭らしい。

あたりには人目が多い。

この『コンチネンタルスクエア・ビル』に勤める人だけではなく、低層階のテナント店舗目当ての一般客もたくさんいて、大声で言い争うのははばかられる空気だ。

「ありがとうございます」

「お近づきになりたいので、先に問題のない方かどうか調べさせていただきましたの」

「へえ……」

予想外の言葉に声がうわずりそうになったが、抑えた。

「ノル＆アンダースン・カンパニーの社員を雇ったと父に聞いて、私に相応しいステータスの方が見つかるかもしれないって胸がときめきましたのよ」

高級皮革ブランドのＩＣカードケースをぶら下げた鈴加が微笑む。

全身を隙なくブランドで固めることが彼女のポリシーなのだろう。

「それで父に、うちに来ていただいているノル・アンダースンの社員全員の写真を撮ってきてもらいましたの。履歴書はいくら私のためでも持ち出しできないというので、ゴルフを口実にしてもらって」

――ああ、それであの接待ゴルフに、斎川土地開発に出向してきているうちのメンバーが全員呼ばれたのか。社長が写真を撮りまくっていたのも、俺らの写真が欲しかったからとは。どこまで娘に甘いんだ？

さっきから不快感がすごい。ともすれば顔が歪《ゆが》みそうになる。無論表には出さないが。

「全員を確認させていただいたのですが、来生さんのルックスは私の眼鏡に適《かな》いました」

「は……あ……」

褒《ほ》められているのに気分が悪い。『お前のほうは俺の眼鏡に適っていない』と言い返せればどんなにいいだろう。

「それですぐに、興信所に来生さんのことを調べさせましたの」

言葉もない。日本に来て間もない頃にこんな女にロックオンされていたなんて。

鈴加は、光に向けてにっこり微笑みかけてきた。

「来生さんはご両親が一般人であること以外はパーフェクトでした」

――褒め言葉ですか？　それ。全然嬉しくないんですけど。

内心毒づきながらも、光は唇を引き結んだ。

「ところで来生さんが先日出入りされていた古いマンション、あそこにお住まいの『綾瀬《あやせ》明里』さんという女性は、光さんの遊び相手ですか？」

「え……何を……？」

光は、鈴加の口から出た言葉に身構える。明里の名前をこんな女が口にするなんて、厳戒態勢を敷く以外の選択肢がない。

――なんでこの女があかりちゃんのことを知っているんだ？

過去の悪夢が蘇《よみがえ》った。

『綾瀬は絶対ヒカルくんに近づかないでよね！』

一緒に歩いていただけで突き飛ばされた明里、女子からいじめられそうになっていた明里。

冗談ではない。もう明里をあんな目に遭わせたくはない。

——何も答えないのが得策だな。

そう思いながら光は無言を貫く。

「どうなさったの？　遊び相手ならばそう言ってくだされればいいのです。申し訳ないけれど、身上書を拝見する限り、彼女は来生さんと同じランクの女性ではありませんでしたわ。ですから『遊び相手』ですよね、と確認させていただいていますの」

——あかりちゃんは、頭ごなしに俺を査定するお前なんかとは別の生き物だよ。

光はあくまで静かに答えた。

「プライベートに関してはノーコメントです」

鈴加が眉根を寄せ、馴れ馴れしく腕に腕を絡めてきた。

「私が気に入ったと言っているのにその態度なの？」

——たいした自信ですね。雇われ社長のお嬢様。

光は腕を振り払わずに優しく尋ねる。

「教えてください。貴女に気に入られるメリットはなんですか？」

鈴加は品のよい笑い声を立てると、光に言った。

「私のパートナー候補の一人になれます」

——やっぱり会社に男あさりに来てるのかよ。暇なんだな、人生が。

光は皮肉な笑みを浮かべる。

突っぱねて去るのはたやすいが、それではこの女がしつこく追いかけてくるだろう。

そう思い、光は口を開いた。

「具体的なメリットを聞かせていただけませんか？」

鈴加が驚いたようにマスカラで彩った目を見開いた。

「個人的にパートナー候補にしていただくだけではまったくもの足りない。ノル&アンダースン・カンパニーの上司が満足するだけのメリットが欲しいです。貴女には無理かな？　それならすぐにこの手を離してほしいんですが」

突然冷たくなった光の声に驚いたのか、鈴加が早口で言い切った。

「来年度のコンサルティングファーム選定コンペでも、御社を内定させますわ」

「そのくらい、うちの会社が独力で勝ち取りますよ。足りません。もっと社長令嬢の『魅力』を見せてください。でないと、俺にとってなんのメリットもないので」

光の言葉に、鈴加が険しい顔になった。

「……では、あなた方ノル&アンダースン・カンパニーの社員の雇用費を引き上げるよう、父に交渉します」

「交渉だけなら俺だってできますね」

鈴加がますます表情を険しくする。

そうしていると、ぶりっ子しているときよりはまともな女に見えた。不思議なものだ。

「分かりました。ノル&アンダースン・カンパニーの社員の雇用費を必ず引き上げさせます」

鈴加が光を睨《にら》み据えて言う。

プライドの高そうな女がここまで言い切ったのだ。本当に何らかの動きは見せてくれるだろう。

しくじってもペナルティを受けるのは光ではなく、勝手に暴走した鈴加だ。

そう思いながら光は、うやうやしく胸に手を当てて頭を下げた。

「ありがとうございます、では鈴加お嬢様のお手並みを拝見いたします」

本当に、会社に支払われるフィーを増やしてくれるのであれば、五分くらいならエスコートしてやってもいい。

そう思いながら、光は明里には決して見せることのない酷薄な笑みを浮かべた。

——あかりちゃんに心配かけるだけの男は卒業しなくちゃな。

翌日、火曜の夜、光は珍しく二十時頃に会社を上がり、ホテルに戻っていた。

こんなに早く帰れたのだから明里に会いたいと思ったが、さすがに迷惑かと思い直す。

――でも会いたいな、一時間くらい顔を見るだけでも。

ホテルの部屋で悶々としていると、電話が鳴った。森ヶ崎からだ。

「グランドロビーにいるから下りてきて」

いきなりの指示に戸惑いを隠せない。

なぜ自分が宿泊しているホテルを彼女が知っているのだろうと思ったが、明里には教えているのでそこから伝わったのかもしれないと思い直す。

ホテルのロビーには、ブランドものの春コートを羽織った森ヶ崎が立っていた。

相変わらず黙っていれば綺麗《きれい》な女だ。

彼女はにこりともせずに光に歩み寄ってくると、乱暴にその腕を掴《つか》んだ。

「回答次第では容赦しないけど、あんた綾瀬と付き合っておきながらアメリカに帰る気なの？」

「は？　なんだよ突然。ていうか、しわになるから手を離せ」

いつの間に明里との交際を知られていたのか。明里と彼女は仲がいいようなので恋愛話でもして漏《も》れたのかもしれない。

――俺のこと童貞でヘッタクソだったたって言ってた？

と聞く度胸もなく、光は鬼の形相の森ヶ崎を睨み返す。

「約束した合コンもしない、綾瀬も放置で去って行く気？　だとしたら鉄拳制裁だよマジで。あの毒茸《きのこ》みたいな髪型の写真ばら撒《ま》くからな！」

森ヶ崎が言うのは、二年前の偶然の再会時に勝手に撮影された、黒茸にそっくりの髪型のことだ。

あの日は美容院に『髪型を普通に戻してください』と頼みに行くところだった。本当に間《ま》が悪いときに登場する女だと思う。

「なんの話？　なんでいつもそうやって一方的に突撃してくるんだよ、昔から」

光はスーツの生地を傷めないよう、そっと森ヶ崎の手を振りほどいた。

――それにしても彼女とは変なところで縁があるよな。二年前も、俺が家を出たところでばったり会ったし。今日もたまたま俺が帰ってきたところに突撃してきたし。

森ヶ崎とのよく分からない縁を噛《か》みしめていると、彼女は言った。

「だって綾瀬が可哀想じゃん！」

「合コンは今度やるって。それよりあかりちゃんが可哀想ってどういうことだよ。俺は彼女に不誠実なことなんて何もしていないぞ？」

「アメリカに帰っちゃうくせに」

――あ、そのことか。まだあかりちゃんにも森ヶ崎にも説明してなかったな。

そう思いながら、光は森ヶ崎の腕を引いた。

「物事には順番があるんだよ。まず最初に、俺はあかりちゃんと付き合えたからにはアメリカに帰ったりしない。そのためには転職しなきゃならない可能性があるんだけど、君との合コン話を叶《かな》えてからでないと転職はできないんだ。そうだろ？」

「OK。私の写真撮っていいよ」

「だから、森ヶ崎の話はいつも唐突なんだって。分かんないよ、どうして写真なんだよ」

「私可愛いじゃん？　だから私の写真見せて『この子と合コンしない？』って誘えばいいんだよ。ホントに段取り悪いなぁ、あんた、容姿と裏腹に色恋沙汰《ざた》とご無沙汰すぎるよね」

ふわふわした髪をかき上げながら森ヶ崎が言う。

「すごい自信だな。高校のときから呆れ……いや驚かされているけど本当にすごい自信」

「うん。この自信で突っ走って二十五にしてすでに離婚してるもん！」

力強く答えられては返す言葉もない。

光は諦めてスマートフォンを構え、森ヶ崎の姿を写真に収めた。

「あれ……？」

そのとき森ヶ崎が振り返る。

「今誰かが見てなかった？　シャッターの音が聞こえた気がしたけど」

「俺が撮影した音じゃなく？」

よく分からずに首をかしげると、森ヶ崎は肩をすくめて光に言った。

「なんだったんだろう？　私が可愛いからモデルと間違われて盗撮されたのかも」

「だから、その自信はどこから湧いてくるんだよ。むしろうらやましいわ」

光の言葉を無視し、森ヶ崎は言った。

「じゃあ私は帰るけど、綾瀬にはちゃんと説明しなよ！　あと合コン絶対やってね！」

「つか、したことないから分かんねーんだよ、合コンどうやるのか！」

「あのね、合コンしたかったらね、社内の女好きそうな人に話を持ちかけるの。そしたらメンツなんてすぐ集まるから。あ、既婚者は駄目、既婚者は絶対混ぜないで。こっちも可愛い子連れて行くからお願いね、じゃーね」

言いたいことを一方的にまくし立てると、森ヶ崎はさっさと帰ってしまった。

——社内の女好きそうな人に話を持ちかける、か。なるほどな。

生まれて初めて合コンのメンツの集め方を知った。さっそく実践してみようと思いながら、光はロビーを後にした。

◆

木曜日の夜。

帰り支度をしていた明里は、園井《そのい》に呼び止められていた。

「多国籍料理博覧会……ですか？」

「そう。取引先から会場のチケットをいっぱいもらったから、綾瀬さんにもあげようかと思って。日にちは今週の土曜で急なんだけど、どう？」

言いながら園井がチケットを差し出してくる。

「俺が担当しているイベント会社さんの企画なんだ。結構美味しい料理が出るから楽しいよ」

「もしかしてコンチネンタルスクエア・ビルに入ってる、あの会社さんですか？」

「そうそう。覚えてたんだ。前に同行してもらったことがあるよね」

しばし、一等地の巨大商業ビルに入居している、大手のイベント会社の話題に花が咲く。一通り話し終えたあと、明里は遠慮がちに申し出た。

「あ……じゃあ……チケット、友達の分と二枚いただいてもいいですか？」

脳裏に光の顔がよぎった。毎日忙しくて食事も抜きがちと言っていたので、美味しい物が食べられたらきっと喜ぶだろう。

「もちろん。友達と来るの？」

「はい、相手の都合が合えば」

「……そうなんだ。了解。じゃあどうぞ、俺も行くから会えるといいね」

そう言うと、園井は爽《さわ》やかに去って行った。

——私にまでチケットを分けてくれるなんて。社内でも人気あるのが分かるな。

明里は二枚のチケットを財布にしまい、鞄《かばん》を手に会社を出る。

建物から出ると、ビルの敷地内で呼び止められた。

「すみません、綾瀬明里さんですか？」

明里は突然呼び止められて、驚きに足を止める。

「えっ、と、どちら様ですか？」

そこに立っていたのは、明里とあまり歳が変わらなそうな派手で美しい女性だった。

明里にはとうてい手が届かない高級ブランドものを全身に身につけている。靴もバッグも時計もすべてネットで見たことがある『憧れアイテム』ばかりだ。

その背後には、背広姿の男たちが佇んでいる。

金持ちのお嬢様と、そのＳＰだろうか。明里はやや後ずさりながらその女性に尋ねた。

「何かご用でしょうか？」

「来生さんに、貴女以外の女性がいることをご存じ？」

唐突すぎて呆気にとられる。

――光君に、私以外の女……？

その女はなぜか泣きそうに見える。訳が分からず明里は尋ねた。

「なんの話ですか？　すみません、よく分からないです」

率直に答えた明里に、女性が不機嫌そうに言う。

「私は来生光さんと交際予定の、豊崎鈴加と申します」

一方的な口調に、明里の脳裏にいろいろな記憶がすごい速さでよぎっていった。

――あっ……懐かしいこの感じ。高校のときにたくさんいたな。『光君と交際予定です』って、なぜか私に宣告しに来る子たち。

思い出したくもない過去をよぎらせながら、明里はおずおずと頭を下げる。

「そうでしたか。わざわざありがとうございます」

多分、否《いな》、絶対に彼女は光の同意は取っていないはずだ。これまでの経験からも確実である。

そう思いながら明里は無難に話を合わせることにした。

「来生さんが貴女の家に出入りしていることは調査済みなのよ。ですので手切れ金をお渡ししようと思っておりましたの」

――手切れ金を、私に？

言っていることが危ない。

警戒しながらも明里は相手を刺激しないよう尋ねた。

「豊崎さんは来生さんと同じ会社の方なんですか？」

「そうでした。いけませんわ、私ったら慌ててしまって。そうです、来生さんは私の父の会社に社外コンサルタントとして参加してくださっていますの」

――そっか。光君の取引先のお嬢様か。じゃあ無難に対応しようっと。

明里は愛想笑いを浮かべる。早く帰りたいのは顔には出さない。

「あの、私に手切れ金を、というお話でしたが、結構ですのでお気遣いなく」

「それどころじゃないんですのよ！　光さんには貴女以外にも遊んでいる女がいるんです。存じ上げないようなので貴女にも教えて差し上げますわ。自分を本命だと思っているなら、勘違いを訂正なさったほうがいいかと思いまして」

明里を動揺させようとする意図は伝わってくるが、このお嬢様のほうが動揺して見える。

――光君の周りには昔から女の子が絶えないよ。溢れんばかりに群がっていくんだって。ただ歩いているだけで。

明里は冷めた気持ちでうなずく。

「それは驚いてしまいますね」

「写真をご覧になって。本当にお二人が睦まじい様子が分かりますわ！」

豊崎と名乗るお嬢様の言葉と同時に、背後の背広姿の男が近づいてきてすっとタブレットを差し出した。

ホテルのロビーらしきところで二人の美貌の男女が堂々と向かい合っている。密会という空気ではないのは、周囲に人が多すぎるからだ。

その写真には、光と、彼に写真を撮らせている森ヶ崎の姿が映っていた。

事情を知らない人から見れば美男美女の密会かもしれないが、森ヶ崎が写真を撮らせる理由なんて一つしか思い浮かばない。

おそらく『合コンのメンツに自分の写真を見せろ』と迫っているのだ。

想像するだけで遠い目になってしまう。

――『私の写真を見せれば合コンしてもらえる』っていっつも言ってるもんなぁ。

そう思ったがお嬢様に教えてあげる義理はない。

明里は困った顔を作り、お嬢様にお礼を言った。

「知りませんでした。彼は浮気者なんですね。ありがとうございます」

無難な言葉で切り上げようとしたが、お嬢様が話を打ち切ってくれなかった。

「こちらの女性に心当たりはございませんこと？」

「いえ、まったくないです。失礼します」

「お待ちになって！」

お嬢様に呼び止められてしまった。面倒だったが、明里は困惑した顔を作って振り返る。

「なんでしょうか？」

「貴女はもう来生さんに会わないでちょうだいね」

「すみません、私には決めかねるので来生さんにお願いしてください」

この答えが無難そうだ。

――この件は一応、光君に報告しておこう。お金持ちそうな人が私のところに来たよって。

明里はそう思い、深々と謎のお嬢様に頭を下げた。

「失礼します」

お嬢様はもう追ってこないようだ。

明里は駅まで急ぎ、電車に入ってスマートフォンを取り出した。

そして森ヶ崎にメッセージを送る。

『来生君に合コンしろって頼みに行った？』

数駅を過ぎたあたりで返事があった。

『バレたか！　だって二年間放置されてるんだもん。ごめんね、密会じゃないよ～』

どうやら予想どおりらしい。

『分かった！　合コンしてもらえるといいね』

そうメッセージを返し、次に光宛のメッセージを送る。

『名前は忘れちゃったけど、光君と別れてくださいっていう女性が会いに来たよ。光君の出向先の社長令嬢なんだって』

光は仕事中だろう。明里はもうひと言メッセージを送り添えた。

『一応その人には、光君に言ってくださいって答えておいた。重要な仕事関係者みたいだし、深刻そうだったし、しばらくは会わないほうがいいかな？』

メッセージを送り終えると、重いため息がこぼれた。

——光君、生きてるだけで訳の分からないほどモテちゃって、すごく大変なんだろうな。

昔から思っていたが、今もしみじみそう思う。

しばらく電車に乗り、駅に着いた。コンビニによって軽食を買い、そのまま家に向かう。

家に入ってほっとため息をつき、部屋着に着替えたとき電話が鳴った。

『あかりちゃん！』

驚くほど必死の光の声だ。驚きのあまりスマートフォンを落としそうになる。

『俺と会わないってどういう意味？』

「え、あの、メールに書いたとおりだよ。変わった人だったから刺激しないほうがいいのかなと思ってるんだけど」

『今から行く！』

人の話を聞いているのかな、と思った刹那《せつな》電話は切れた。時計を見上げると、まだ夜の九時だ。仕事は終わったのだろうか。

『無理してこなくて大丈夫！　暇なときにまた電話で話そう』

メッセージを送ったが、返事はない。

——本当に来るのかな？　いつ来るのか分からないし、先にお風呂沸かしとこう……。

そう思いながら明里は立ち上がった。

◆

――え？　付き合って速攻『しばらく会わないほうがいい』って……これ死んでも乗り越えないといけない山場じゃないか？

光は『体調が悪くなったので今日は失礼します』とプロジェクトルームを辞し、全力で走ってタクシーに飛び乗った。

もとより上司の仕事を手伝っていただけで、自分の作業は終わっている。

地下鉄で行くよりタクシーのほうが近い。

タクシーは二十分ほどで明里のマンションに到着する。

光は息を弾《はず》ませながら明里の部屋のドアまでたどり着き、チャイムを鳴らした。

このマンションは共通エントランスにロックがかかっていない。

家のドアの前まで直通で入れてしまう。

これでは駄目だ。ストーカーにいつでもお越しくださいと誘っているようなものではないか。

――あかりちゃんには共通エントランスがロックされているタイプのマンションに引っ越すよう助言しよう。家賃高いかな？　じゃあ俺が家賃出すから同棲しようか!?

心の中で絶叫したときドアが開いた。

「もう来たの？」

驚かれても当然である。たいした距離でもないのに『高速使ってください！』とタクシーの運転手に頼み、別料金を払ってすっ飛んできたのだから。

「来ちゃ悪い？」

どうしても『会うのはやめよう』発言が引っかかって手負いの獣《けもの》のような口調になってしまう。落ち着かねば。明里に対して八つ当たりするなど人生のポリシーに反する。

玄関前に立ち尽くす光を、明里がそっと招き入れてくれた。

「どこでさっきのお嬢様が監視させてるか分からないから気をつけて」

明里が心配そうに言う。

「ごめんね、あかりちゃんを変なことに巻き込んでしまって」

まず明里に接触したお嬢様というのは、間違いなく鈴加である。

彼女はこの可愛くて可愛くて可愛くて尊い明里に何を言ってくれたのだろうか。そしてこの先、何をしでかすつもりなのだろうか。

「あとさ、思ったんだけど、このマンションはセキュリティが甘いよ。共通エントランスから先には鍵がないと入れないマンションのほうがいい」

自分でも簡単に侵入できたことを思い返しながら光は言った。

「うん、だけどそういうマンション、この辺だと高いんだよね」

予想どおりの答えが返ってきた。

——じゃあ、ど、同棲しよう、同棲。俺が全部金出すから同棲しよう！

そう言いたいのを堪《こら》え、光は真顔で言った。

「一ノ瀬さんのこともあるし、俺みたいなヤツもいるし危ないよ、ホントに」

「光君は来てもいいんだってば」

——えっ……何それ魔性の女みたいなこと言わないでよ……俺、一生喜び続けるよ？

明里の一挙一動にガンガン心を揺さぶられながら、なけなしの理性で光は答えた。

「そうだけど、真面目《まじめ》な話だよ。今日の夜来てみて、ちょっと危ないなって感じたんだ」

「うーん……気をつける……それより光君、これから先二人で会うほうが危なくないかな？」

口の中にまずい味が広がる。

これまで散々味わわされた『明里に近づくな』という外圧の味だ。

この世で一番嫌いな味である。

光はこみ上げる嫌悪感と怒りを呑《の》み下し、明里に言った。

「気にしないで、今までどおりに堂々と付き合おう」

「でもあの人、自分を社長令嬢だって言ってたし。光君に何をするのか分からなくて不安なの」

明里は表情を曇らせる。光は玄関に突っ立ったまま、きっぱり首を横に振った。

「彼女にできるのは、あかりちゃんに『俺に会うな』って言うことと、俺からいろいろな権限を取り上げて、出向先の会社で働きにくくすることくらいだよ」

「そんなことまでされちゃうなら、ますます二人で会わないほうがいいよね」

話はどんどん光の望まぬ方向へ転がっていく。

「違う。嫌がらせに屈せず居座ってやればいいんだ。あっちはあかりちゃんに『お願い』しかできないんだから、俺は何されたっていい」

おそらく鈴加には社外の人間とトラブルを起こすまでの度胸はないだろう。親に甘やかされて、狭い世界で万能感を得ているだけの女だから、自分の領地でしか生きていけないはずだ。

「それで彼女、あかりちゃんになんて言ってたの？」

「えっとね、私に『光君と別れろ』と言ったあとに、森ヶ崎と光君の写真を見せてきて、光君に第三の女がいるって半泣きになってたよ。私にそんなこと相談しても仕方ないのにね」

「あ、あの、森ヶ崎さんには『合コンしろ』って突撃されただけだからね？」

慌てて言い訳すると、明里は素直にうなずいた。

「知ってる。あの子本気で光君との合コンに賭けてるみたいだから。ごめんね」

「いや、いいんだ。俺のほうこそ森ヶ崎さんのこと黙っててごめん」

どうやら鈴加は、光が『女をたらしまくっている』と誤解して動揺しているらしい。

――だとしても、あかりちゃんに相談してどうするんだよ。頭悪いな。

呆れ半分にそう思う。

「あかりちゃん、部屋に上がっていい？」

「あ、ご、ごめんね……ご飯買いに行く？　よかったらお風呂もあるよ」

「お風呂!?」

今までの苛立《いらだ》ちと困惑が一気に消し飛び、『お風呂』一色になった。

「って、ごめん。何言ってるのかな、私。お風呂入ってから帰ったら風邪引いちゃうよね。なんだか男の人が家に来るのに慣れてなくって、どう歓迎していいのか分からないんだ」

明里が照れたように笑う。

可愛すぎる。だが騙されない。脳内を回り続ける『お風呂ぜひ入りたいです』という言葉を押しやって、光は明里に言った。

「あのメロンソーダフロート男を呼んだことあるくせに」

「うーん、私大学の頃はずっと女子寮だったから厳しくて、男の人を泊めたことがないんだよね。門限があるから泊まったこともないし」

「女子寮……！」

なんと素晴らしい施設だろうか。

「そう。うちはお嬢様大学だったから、門限がめっちゃ厳しくて、夜七時だったの」

それは初耳だった。

何よりも重要な情報なのに光はその情報を入手していなかったのだ。

明里に元彼がいても、彼女の部屋に上がり込むのは自分が初めて。

自分が初めてという単語に興奮し、異様に身体が熱くなってきた。

「それで風呂というのは……？」

明里が照れくさそうにうつむいた。

「あ、よかったら入る？　うちのマンション、広いお風呂で選んだから……って言っても、光君が見慣れた高級ホテルのお風呂ほどじゃないと思うけど」

聞こえた言葉が理解できず、光は硬直する。

――え？　何？　あかりちゃん？　『よかったら全部風呂の水飲んでけ』って言ったの？　分からない。分からない。嬉しすぎて分からない……だが身体のほうは明里の言葉を理解したようで、気づけば玄関先でジャケットのボタンに手を掛けていた。

「ごめんね、私、急に光君が来てくれて浮かれてるの。よかったらお風呂もご飯もうちでどうぞ」

光は答えの代わりに明里にキスをした。

明里は白い頬をぽっと染め、小さな声で言う。

「ご飯は食べてきた？」

「いや、あかりちゃんを食べる。一緒にお風呂に入ろう」

光は調子に乗りすぎな自分を感じながら、明里の耳にそう囁きかけた。

◆

二人で洗面所に入ると同時に、光の腕が明里に伸びてきた。たちまち着ていた服を脱がせると、彼自身も全裸になる。そのまま浴室に連れ込まれ抱きしめられた。

「嬉しいな、あかりちゃんが一緒にお風呂に入ってくれるなんて」

裸で抱き合ったまま明里は小声で返事をする。

「そ、そうだね……あ」

明里の手が光の屹立に導かれていく。

ナマの淫杭を握らされ、コンドームを手渡されて、明里はごくりと息を呑んだ。

「これ触って」

「う……うん……もうこんなに……」

「誘われた時点で勃《た》ってるよ」

光はそう言うと、少しだけ荒っぽい手つきで、その杭を握らせた。

「さすってくれる?」

「分かった」

答えると同時に、明里の下腹部の奥が、肉杭と同じように熱を帯びた。

ぎこちない手つきで血管の浮いた表面を愛撫すると、もっと乱暴にというように、明里の手に光の手がかぶさった。

「こうやって扱《しご》いてくれる？」

この世のものとも思えないほど美しい青年と全裸で向かい合い、立った姿勢で、明里は必死に手の中のものに集中する。

手で扱くたびに、肉杭はどく、どくと激しく反応した。先端には先走りの雫がにじみ出し、手の中でどんどん温度が上がっていく。

「気持ちいい？」

「うん」

明里はその返事に励《はげ》まされ、慣れない愛撫を続けた。

「もっと強く握って」

光の声が甘く陰る。

彼の美しい目はかすかに潤《うる》んで、きらきらと輝いていた。

その色香に圧倒されながらも、明里はうなずいて肉筒を握りしめ、ゆっくりと扱いた。

手を上下させるたびに、その筒はぐ、ぐ、と動く。光が快楽を感じているのだと思うと、ひどく励まされた。

「……そろそろゴム付けてくれる？」

「分かった」

明里は震える手でコンドームのパッケージを開封する。そして出てきた本体を慎重に光の分身にかぶせた。

黒々と隆起するそれが明里の手の中で別の生き物のように脈動する。

「ありがとう」

言葉と同時に、すでに硬くなっていた胸の先端をぎゅっと摘まれる。

「んあぁっ」

明里は声を漏《も》らし、慌てて唇を噛んで声を押しとどめた。風呂場は声が反響するから、大きな声を出しては駄目だ。

そのときキィッとドアが開く音が聞こえた。隣人が帰ってきたのだ。

乳房を弄《もてあそ》ばれ、声を押し殺す明里に光が言った。

「お隣さん、戻ってきたね」

いつも優しい彼の声に、嬲《なぶ》るような意地悪さを感じる。脚の間がきゅっと疼《うず》いて、明里は強く脚をとじ合わせた。

「あれ、どうしたの？　お隣さん帰ってきて興奮しちゃった」

「ううん、違う……ん……っ……！」

もう片方の手が、和毛《にこげ》に覆《おお》われた明里の秘所に伸びてきた。

「ふあ……あ……」

埋もれた花芽を執拗に押されて、明里は声を呑み込む。感じていると悟られたのか、光の手は再びさらに硬くなった乳嘴《にゅうし》をこりこりと摘まんだ。

「や……やだ……あ……あんっ……」

明里は情けないかすれた声を漏《も》らし、腰を揺らした。花芽を弄《いじ》っていた手が、今度は秘裂のほうへと動いてくる。すでに濡《ぬ》れて蜜をたたえた場所に、光の指がじゅぶりと押し込まれた。

「んぅっ」

明里の肉襞は浅ましいほどの勢いで、光の指に絡みついていく。

屹立したものを愛撫していた間に、自分も興奮していたのだ。

そう思わされながら、明里は杭に手を添え、コンドーム越しに優しくこすった。

「あ……あんっ……光く……ん……ここだと声……あぁ……」

「俺だって、あかりちゃんの声を他の人には聞かせたくないよ。でも、押し殺してるのがエロいからこのままでしよ」

「ひぐ……っ」

答えと同時に膣内をぐるりとかき回される。明里の腰が揺れ、中から淫《みだ》らな蜜がしたたり落ちてきた。

それは腿を伝ってねっとりと明里の肌を濡らしていく。

「ね、あかりちゃんのここざらざらなんだ。触ってみる?」

「え……なんの……あっ……」

光は明里の秘部から指を抜くと、蜜で濡れた手で明里の手を取る。そして濡れた裂け目に触れさせた。

「自分の中、自分で触ってるところ見せて」

「そ、そんな……」

「どこが気持ちいいのか自分で触って確かめてみて」

恥ずかしすぎて首を横に振ったものの、光の強い眼差《まなざ》しには抗えなかった。

明里は唇を噛み、光の手に従って己の蜜穴に指を突き入れる。そこは思っていたよりも熱く、どろどろだった。指がぬるつく場所に呑み込まれて、ぽってりと火照《ほて》った粘膜に触れる。

「手を動かして、俺の前で」

「だ、だめだよ、あ」

光に手を動かされて、明里は首を横に振る。だが彼は構わず、秘部に触れる明里の手を強引に揺すった。

ぐちゅぐちゅと生々しい音が響き渡る。

だが光に触れられ抱かれるほどの快楽は感じられない。ただ恥ずかしい姿を見られて困惑するだけだ。

「自分でしても、あんまりよくない、みたい」

「じゃあどうすればいい？」

「ひ……光君と……続きを……っ」

そこまで言うだけで、身体中が真っ赤になっていた。光は明里の両手を取ると、大きく手を広げさせる。

「やっぱり胸大きくて可愛い」

「あ……あの……」

「おっぱいにキスマーク付けていい？」

駄目、と答える間もなかった。脚の間を濡らして佇む明里は、乳房に軽く噛みつかれて身体を揺らす。

「んっ！」

「あー、真っ白。痕付けるの最高に気持ちよさそう」

無防備に揺れる乳房に、身をかがめた光が何度も口づけてくる。ちゅっ、ちゅっと音が聞こえるたびに、白い双丘が弾み、乳嘴が赤く色づいていった。

――私、キスされてるだけなのに……こんなに……。

恥じらうように膝をすり合わせる明里に気づいたのか、光は片方の乳房を軽く掴《つか》んできた。

そして、掴んだ乳房の中央に強く吸いつく。

軽い痛みと共に明里の豊かな胸に赤紫のキスマークが残った。

「これ、俺とセックスした証拠に残しといてね」

そう言うと、光は浴槽をまたぐように腰掛け、壁に背中をつけた。片脚だけ湯に浸った状態だ。

「あかりちゃん、俺の上をまたいで座って。正面向かい合ってしよう」

何を言われているのかはすぐに分かった。

でも恥ずかしい。お風呂で声が響いたらと思うとドキドキして止まらない。

「早く」

せかされて、明里は言われたとおり浴槽をまたいだ。光の肩に手を掛け、皮膜をかぶせた屹立の上に己のぬかるんだ蜜口をあてがう。

「あかりちゃんも早くしたかった？」

優しく聞かれ、明里は黙ってうなずいた。

「早く俺と合体したかったんだ？」

「うん……そう……」

「へえ、嬉しいな。あかりちゃんが俺に欲情してくれるって最高なんだけど」

はっきり言葉にされると恥ずかしさが増してしまう。

明里はゆっくりと腰を落として、力強く勃つ肉茎をずぶずぶと呑み込んだ。二度目の経験だったがそれほど痛みはなく、肉杭は奥へと滑り込んでいく。

——いい……っ……！

咥《くわ》え込んだだけでお腹の奥が強く疼く。ぎゅうぎゅうと引き締まる下腹部を持て余しながら、明里は光の分身を付け根まで納める。

乳房の先が光の胸板に触れてくすぐったかった。だがすぐにその掻痒《そうよう》感も甘い快楽に変わっていく。

「駄目、声出ちゃう……」

明里は情けない声で訴えると、光の肩を強く掴んだ。

「ああ、駄目だ俺、めちゃくちゃ気持ちいいや。突いていい？」

明里の腰を支えたまま光が尋ねてくる。

「動いちゃだめ、っあ！」

明里は慌てて声を上げようとしたが遅かった。ぐちゅっ、ぐちゅっと音を立てて、明里の身体が揺すり上げられる。

「んあ、だめ、んぁぁっ」

声を抑えることができなかった。次から次へと蜜が溢れてくる。

「俺たちがセックスしてるなんて夢みたいだね」

「な……何言って……」

「だって本当に夢みたいなんだもん……あかりちゃんの中に俺が入ってるなんて、生きててよかった。俺の人生嫌なことといっぱいあったけど、本当に生きててよかったよ」

光の声には紛れもない幸せがいっぱい宿っていた。

明里は何も応えずに彼にもたれかかり、ぎゅっとしがみつく。

剛直に割り広げられた粘膜がぎゅうぎゅうに締まり、脚が快感に震えた。

「もちもちした抱き心地で最高だな」

光はそう言うと、明里をぎゅっと抱きしめ返す。

「このまま、ぐりぐりってしていてもいい？」

明里を腕の中に閉じ込めたまま、光が尋ねてきた。密着し、息もできないほどの激しさで突き上げられながら、明里は何度もうなずく。

快楽を逃そうと脚をばたつかせると、ちゃぷちゃぷとお湯が波立った。

「んぁ……ん……あぅ……っ……」

光のなめらかな胸に唇を押しつけ、明里は必死に声を堪える。

「びしょびしょだよ、あかりちゃん、いきそうなの？」

光がそう尋ねてくる。

明里は何も言えずに何度もうなずいた。

一度声を出したら大きな声を出して腰を揺すってしまいそうだ。

絶頂感が高まり、抑えようがなくなっていく。

熱杭を咥え込んだ淫溝が、意思とは裏腹に繰り返し収縮して熱い雫を垂らした。

「中、びくびくしてる。もしかして今、いってるの？」

下肢を震わす明里に、光が楽しげに尋ねてくる。その声には雄《おす》の獣性が確かににじんでいた。

「んっ、んんっ」

快感を抑えられず、明里はますます強く光にしがみつく。声だけは出してはならないと必死に抑えるが、それでも漏れ出すことを止められない。

ぱちゅん、ぱちゅんと叩《たた》きつけるような音が大きくなっていった。

「いいね、すごくいい。あかりちゃんが搾《しぼ》り取ってくれるの最高だよ」

「ぁあ……あ！」

光の動きが激しくなる。

脚にまるで力が入らなくなった。

強い波に押し上げられるように、快楽が頂点に達する。

「すごい気持ちいい、俺もいくよ」

強く収縮する明里の中で、光の雄杭がのたうつように動いた。

「あぁぁっ」

明里の身体が弛緩する。びくびくと熱を吐《は》き散らした雄杭が、幾度も跳ねたあとにようやく動きを止めた。

「……あかりちゃんの身体、俺が洗ってあげる」

「や……やだ……はずかし……」

「だってあかりちゃんは俺の恋人だもん。俺が洗ってあげたいよ」

ぐったりと光に身を任せたまま、明里は頬を染めた。

頭にキスの雨が降ってくる。

光が手を貸してくれたので、震える脚に力を込めて結合を解いた。

離しがたいとばかりに、ぐぽ……と音を立てて肉杭が抜け落ちた。

「はあ、やっぱりこうして見ると、本当にエロい身体……綺麗だね、明里ちゃん」

一糸まとわぬ明里の立ち姿をつくづくと眺《なが》め、光が満足そうにため息をつく。

「ううん、綺麗なのは光君だよ」

明里はキスマークの付いた乳房を無意識に隠しながら、そう答えた。

第五章　彼氏ですから！

「とにかくあのお嬢様のことは俺に任せてね」

家に泊まっていくことになった光《ひかる》が、狭いベッドの中でそう言った。

二人で寝るのは、保育園の頃以来だ。懐かしさと不思議な感慨を覚える。

「私は気にしないよ。また来たら適当に追い返すから」

「あかりちゃんのところに二度と行かないよう言い聞かせる」

光は真剣な表情だった。

――大丈夫かな。仕事に支障はないのかな。うーん、光君を追っかける女性が年々パワーアップして手に負えなくなっているのは気のせいじゃないよね？　高校の頃の最強は森ケ崎《もりがさき》くらいだったけど、今のお嬢様は興信所っぽい人まで雇ってて、手強そうだったな。

名前を忘れたお嬢様の様子を思い出し、明里《あかり》は光に言った。

「光君こそ余計なことに時間を使わないで。だって光君はあんな会社でバリバリ働いていて、仕事で忙しすぎるでしょう？」

「そのことだけどさ」

光はトランクスとアンダーシャツ姿だ。

それでもなんの欠点も見つからない格好で光は起き上がる。

「俺、日本に戻ってこようと思うんだ。北米拠点での勤務しか駄目だ、って言われたら今の会社を辞める。あかりちゃんと付き合い続けるから日本で暮らすよ」

「え……ちょ……ちょっと待って、日本定住が認められなかったら、ノル&アンダースン・カンパニーを辞めちゃうってこと？」

「うん」

あっさりうなずかれて、明里も起き上がって首を横に振った。

「駄目だよ、すごく努力して入った会社でしょ？」

「いや、どちらかと言うと、努力したのは入社したあとのほうだよ」

そう言って光は無邪気な笑みを浮かべた。

「毎朝トレーニングしてから通勤してこいとか、第三外国語を習得しろとか、もう大学より厳しくてめちゃくちゃ。給与がいいだけがモチベーションなんだよね。だから俺はあんまり、この会社には未練がないかな？」

驚きすぎて言葉が出てこない。

「一生、今の会社で頑張りたいのかと思ってた」

「いや、プライベートで仕事より大事な人ができたから優先順位が変わった」

——それって……私のこと……？

明里の頬に熱が集まる。光は片手で明里をそっと抱き寄せると、穏やかな声で言った。

「俺、多分、あかりちゃんに選んでもらえる男目指して頑張ってきたんだと思う。全然会えなくて迷走ばっかりしていたけど、こうして一緒にいると『報われた』って思えるんだ」

「私が選ぶも何も、光君はずっとみんなの憧れの高嶺《たかね》の花だってば」

「高嶺の花じゃないよ。俺はあかりちゃんに恋する引っ込み思案な男だった」

「引っ込み思案……光君が？」

明里の脳裏に浮かぶのは、華やかな光の笑い声や振る舞いばかりだ。

手が届かない王子様で、明里の太陽。それが光のはずだったのに。

「たとえ嫌なことがあってもなんでもないフリするのが得意なだけ。ごめんね？　幻滅した？」

明里は慌てて首を横に振る。

「しないよ。光君が感じていることを知れるのは嬉《うれ》しいから」

素直にそんな言葉が出てきた。そうだ。本人が『情けない』と言う姿であっても、光の本音を知れることは明里にとって嬉しいことなのだ。

大きくなるにつれどんどん美しくなり、人気者になって遠くへ行ってしまった光が、幼い頃のようにすぐ側《そば》に戻ってきてくれたような気がする。

「あかりちゃんがそう言ってくれると、なんか泣けちゃう。俺みたいな空回りの顔だけ野郎でもいいんだって安心できる」

「待って？　空回りの顔だけ野郎って何⁉　光君は本気で王子様だからね？」

「奨学生にならないと大学にも行けなかった王子様だけどね」

明里はきっぱりと首を横に振る。

「黎応《れいおう》大学の特待生になれたことが選ばれし者の証だよ！　偏差値七十八って何？　そんなの一般人には無理なの。だから自己卑下《ひげ》しないで！」

身体を起こして顔を覗《のぞ》き込むと、光は笑っていた。

「なんかあかりちゃんが褒《ほ》めてくれると、俺すごいんだって思えてくる」

「光君が努力してたことは知ってるよ。でも、光君といえば成績トップで運動神経も抜群なのが当たり前だったから、誰も褒めなかったかもしれないね」

「そうだね。褒められることは少なかった。ストーカーされるばっかりだったかな？」

光がますます笑う。

――まつげ長！　こんな光君でも、自分に自信がないことがあるんだ……じゃあ、私がもっと褒めてあげたら喜んでくれるのかな？

光の笑顔に見とれながら明里は思った。

「多分、なんでもできすぎるから、できないところも周りに見せたほうがいいんだろうね」

「うーん、そうかな？　とにかく仕事で弱みを見せるのは嫌だから、俺の駄目なところはあかりちゃんにだけ見てもらえればいいや」

そう言って光が再び抱きついてくる。

温かな身体から光が今幸せなことが伝わってきて、明里の心も太陽を浴びたように温かくなるのだった。


翌朝目覚めた明里は、光が作ってくれたサラダとトーストを食べて、身支度を始めていた。

――光君、料理すっごい上手。ドレッシングまで手作りしてくれてすごいなぁ。

明里はひたすら光がなんでもできることに感心しっぱなしである。

今日は取引先にチケットをもらった多国籍料理の博覧会の日だ。

声をかけたら、光も『行く！』と言ってくれた。王子様を下々《しもじも》の催しに招くような気持ちだったのだが、本人は楽しみにしてくれているようだ。

――それにしても光君は身支度が早いなあ。寝起きにこんなに綺麗《きれい》な人いるの？　って驚きしかないよ。

光は石鹸で顔を洗っただけだ。そのあと髪を適当に濡《ぬ》らして手ぐしで整えて終わり。それなのに、撮影を前に完璧に整えられた俳優のように美しく見える。

「俺、あかりちゃんに服プレゼントしたいな」

パジャマ姿の明里を見ながら光が言った。

着替えを持っていなかった彼は昨日と同じスーツ姿で、シャツと下着だけコンビニで買ってきたのだ。だがコンビニのシャツを着ているとはとうてい思えない洗練ぶりである。

「どうして？」

「俺、自分でも気づかなかったけど、人にプレゼントするのが好きみたいなんだ。あかりちゃんにこんな服着てほしいとか、あんなバッグあげたいとかいろんなプランが湧いてくる」

光の言葉に、明里は赤くなって慌てて首を横に振った。

「気持ちだけで十分だよ」

「今日の博覧会が終わったら一緒に服とか見に行こうよ」

「ま、まあ、街をぶらぶらするくらいならいいけど。でも何も買わないでね」

そう念を押して、スーツ姿の光に合わせ、できるだけ落ち着いた服を選ぶ。

「料理食べるからワンピースがいいかなぁ」

だが、光の前で服がきつくなるまで食べる自分も恥ずかしい。

「やっぱりジャケットとパンツにしよ。これでどう？」

「可愛いよ。あかりちゃんて黒が似合うね」

光は笑顔でそうコメントしてくれた。

「俺、臭くないかな」

真顔で袖の匂いを嗅《か》いでいる光が面白い。

完璧すぎる美青年でもこんな仕草をするのだ。たまにギャップをチラ見せするから余計にモテてどうしようもないことになるのであろう。

――でも今回のお嬢様は、それ以前の問題だったみたい。顔とスペックだけで光君を選んだみたいなんだもの。

光に聞いたところによると、今回のお嬢様は『ノル＆アンダースン・カンパニー』の社員の写真を全員分撮影させ、その上で光に接触を図ってきたらしい。

――それって『超一流の会社勤め』という条件で足切りをした上で、外見が気に入った光君に寄ってきたってことだよね。光君は昔からそういうふうに寄ってこられるのが苦手なのに。

やるせない気持ちが心の中に広がる。

光が女の子に追いかけられても喜ばない人だと昔から知っている分、なおさら気苦労が多いだろうなと心配になる。

明里は、全身ブランド物に身を固め、隙一つない装いだったお嬢様のことを頭に思い浮かべる。

きっと彼女は『極上の品』が好きなのだ。

光のことも『極上の男子』だから気に入ってしまったに違いない。

彼が日本人になるまでの葛藤やら努力やら、今の地位を得るまでの苦労やらは関係なく、完成品となった光が好きなのだろう。

そう考えると面白くない。

明里からすれば、光の魅力は顔と経歴だけではないと思えるからだ。

だが自分が口を出すことではないというのは分かる。

明里は幼なじみだから、たまたま光が努力をする姿を見られただけ。『自分だけが知っている』のはたまたまなのだ。

光と同じ特別な人間だからではない。

――そう思うと、やっぱり光君は私と別世界の王子様なんだよな。だって私、自力で光君ほどの優秀な人にはなれないもん。

明里はそう思い、ため息をついた。

◆

――へえ、うまそうな食べ物がいっぱい。あかりちゃんは何が好きかな？

自分は明里とセックスするのが一番好きで、二番目に好きなのは多分ケバブである。そう思いながら光は明里と腕を組んでゆっくりと会場を回った。

「光君、カレー食べてみる？」

「光君、あのチベット風麺料理食べてみる？」

「光君、プルコギ食べてみる？」

「サヴァランって食べたことないお菓子！　ねえ光君、食べてみる？」

ひたすら明里のことを考えているストーカーと違い、明里は食の祭典を心の底から楽しんでいるようだ。

食欲旺盛な明里は生き生きしていてとても可愛い。

「いいよ、半分こして食べようよ」

「あ……でも光君が一番食べたいものを買おう？　私なんでも食べてみたくて困っちゃってるところだから」

明里がおずおずと言う。光は噴《ふ》き出し、明里の白い耳に囁《ささや》きかけた。

「じゃあ帰ったらまたあかりちゃんを食べたい」

『童貞だったから、猿なんです』

心の中でそう付け加える。明里は真っ赤になって周囲を見回し、慌てたように『しーっ』と囁きかけてきた。

「聞こえないよ、大丈夫だよ」

「今日の会場、会社の人とか取引先の人がいるから」

「そんな場所に俺を連れてきていいの？」

「当たり前でしょ」

光の脳裏に『わーい』と書かれた謎の大漁旗が広がった。

なんと明里は、光のことを会社の同僚に見られても構わないらしい。

つまり『オープン彼氏』ということだ。

オープン彼氏というのは、たった今光の脳内に浮かんだ生まれたての造語で『誰に見せても困らない彼氏』という意味だ。

最高に良い。相変わらず明里が無邪気に口にする言葉一つ一つに尊さが詰まっている。

「じゃあ俺のこと同僚さんに紹介してね」

図々しくそう頼むと、明里は桃色の耳でこくりとうなずいてくれた。

――嬉しい嬉しい、嬉しいぞこれは……頑張れよ俺、あかりちゃんがいい男連れてきたって言われるようにきっちり振る舞わないと。

舞い上がると同時に、気合いが入ってきた。

せっかく会社の人に紹介されたときに『服が昨日のスーツだ』なんて事実はおくびにも出さないようにしよう。

――うーん、俺、どうすれば凜々《りり》しい顔になるんだ？

ひたすら考え込む光の傍《かたわ》らで、明里がうっとりと言った。

「光君って真顔だと近寄りがたいのに、笑顔になるとすごく優しそうで親しみやすくなるね」

明里のコメントにはもれなく食いつく光は、その言葉にも飛びついた。

「今、俺、笑ってた？」

「うん」

明里が柔《やわ》らかな笑みを浮かべてうなずく。

駄目だ、明里の彼氏として紹介されるのが嬉しすぎて一人でニヤニヤしていたらしい。真顔を作ろうとしていたはずなのに無意識の力が恐ろしすぎる。

「締まらなくてごめんね。あかりちゃんとデートだと思うと嬉しすぎて」

「わ……私もそうだけど……？」

耳を疑う言葉が返ってきた。

「あかりちゃんも嬉しすぎて顔がにやけるの？」

「光君はにやけてたの？」

「うん」

嬉しい。光は顔が赤らむのを感じながら、ゆっくりと歩き出す。

「……俺は肉が食べたいな。あかりちゃんが一番食べたいのは何？」

「たくさんありすぎて絞り込めないの。光君が選んでくれたら一緒に食べる」

困り顔まで愛おしくて困る。そう思ったとき、不意に背後から声をかけられた。

「綾瀬《あやせ》さん！」

爽《さわ》やかな男の声だった。光と明里は手を組んだまま同時に振り返る。

「あ……あれ……そちらの方は誰……？」

男は光を凝視して呆然《ぼうぜん》と佇《たたず》んでいた。爽やかな好男子だ。彼の周りには何人かの男女の若者が立っている。

——営業部の若手グループってところかな。

彼らが醸し出す雰囲気《ふんいき》から、光は勝手に判断した。

「こんにちは」

明里に紹介されるまでは黙っておこうと、光は明里から腕を放して深々と頭を下げた。

「えぇ……何……この方はモデルさん？　俳優さん……？」

爽やか男子が明里にそう尋ねる。初対面の人には大抵感じる『隔絶感』を覚え、光は無言で笑みを浮かべる。

『こいつは違う、自分たちとは違う』

そう扱われるのは何度味わっても薄ら寂しいものだ。

日本国籍を得てもその寂しさは消えることがない。

「あ、あの、この人は私の彼氏の来生《きすぎ》君です。昔からの幼なじみで同級生なんです」

明里が丁寧に紹介してくれて、涙が出そうになる。

——本当に優しいな。浮きまくってる俺のことも丁寧に扱ってくれて。

嬉しい。これで光は『公認の彼氏』という偉大なる存在へと一歩を踏み出せたのだ。

「え……か、彼氏さんなの！」

その男が驚愕の表情を浮かべる。

——そうだ、俺があかりちゃんの彼氏さんだ！

謎の反発を覚えながら光は胸を張る。そして無難に挨拶《あいさつ》を返した。

「初めまして、来生です。よろしくお願いします」

「そ、そうなんだ、こんな素敵《すてき》な彼氏さんが……あれ？」

光を見つめていた園井《そのい》が、不意に表情を翳《かげ》らせる。

「失礼ですが、来生さんはこの前、コンチネンタルスクエアの噴水のあたりにいらっしゃいませんでしたか？」

今の職場のビルが、コンチネンタルスクエア・ビルである。光はすぐにうなずいた。

「はい、あのあたりはよく歩いています。昼休みとか」

「そ、そうですか、俺、園井って言います、よろしくお願いします」

——俺がコンチネンタルスクエアにいたからなんなんだろう？

不思議に思いながらも光は他のメンバーに視線をやる。皆、珍獣を見るような目で光を見ていた。例によって外国人と間違われているのかもしれない。

「俺は日本人ですよ」

口を開けて光を見ていた女性にそう語りかけると、首まで真っ赤になって「すみません！」と謝られてしまった。

「こちらの方たちは、みんなあかりちゃんの会社の人？」

「うん、営業部の皆さん。いつもお世話になってるの」

「そうなんだ」

答えてもう一度営業部のメンバーに微笑《ほほえ》みかける。園井はなぜか真顔で、他のメンバーは珍しい動物を見たかのように騒いでいた。

いつもの反応だ。

――褒められてるのは分かる。決して悪く言われているんじゃないのに、どうして……。

そのとき明里が不意に言った。

「会場に何か美味しい物ありました？　来生君と一緒に探してたんですけど、どれも美味しそうで迷っちゃって決められなくて」

容姿についてとやかく言われる声がぴたりとやんだ。

光を見てわぁわぁ言っていた若者たちが、我に返ったように明里を見つめる。そして口々に明里に『自分たちが見つけた美味しかった物』を教えてくれ始めた。

明里が自分を助けてくれたことに気づき、光の胸に静かな喜びがこみ上げてくる。

――話の切り時を作ってくれたんだ。ありがとう、あかりちゃん。

やはり物珍しがられるのは苦手だ。どんなに『良い理由』であれ、自分が孤立していることを突きつけられる。

そう思ったとき、光は異質な眼差《まなざ》しに気づいた。

園井の表情である。一人だけ笑顔ではない。愛想笑いすらない。

光の勘が正しければ、彼は間違いなく光に目をつけたのだ。

――なんだ、この人？　もしかしてあかりちゃんのことが好き……なのか……？

園井はまだ光から目を離さない。

多分、この勘は『あたり』だ。

光はそう思いながら、わいわい楽しそうに語らっている明里の肩にそっと手を掛けた。園井の側《そば》から明里を引き離したかったからだ。

「俺、今教えてもらったベトナムのフォーが食べたくなりました」

そう話に割って入ると、さっきまで光を見て騒いでいた女性が、別人のように砕けた口調で教えてくれた。

「すっごい美味しいですよ、スープに有名店のレシピを使ってるらしいんです！」

「へえ、そうなんだ！　ありがとうございます。あかりちゃん、それ買いに行かない？」

明里は光を振り返ると笑顔でうなずく。

「うん、行ってみよう。じゃあ皆さん、またあとで！」

明里が会社の同僚に手を振る。

「ありがとうございました」

光は集団に一礼して、明里と連れ立って歩き出した。

「やっぱり人に教えてもらうのはいいね。自分で決めると迷っちゃって」

嬉しそうな明里の肩を抱いたまま、光は言う。

「ありがと、うまいこと助けてくれて」

「ううん。みんな光君を見てびっくりしてただけ。すごくいい人たちなんだよ」

——若干一名は、俺にとってはいい人じゃないみたいだけどね。

だが明里には言えなかった。言えるわけがない。あんなに爽やかで親切そうな男前が君のことを気にしていたよ、なんて。

——俺……嫉妬深すぎないか？　本当にそうだと決まったわけでもないのに。

そう思いながら振り返る。園井はまだこちらを見ていた。目が合った瞬間、光の視線に気づいて慌てたように背を向ける。

——やっぱり俺を睨《にら》んでいるよな、なんなんだろう？　……まさか俺、あかりちゃんを騙している悪い男だと思われているのか⁉

たまに言われることがある。『女を騙していそうな顔だ』と。

光は不安になり、明里に尋ねた。

「今日の俺ってあかりちゃんを騙しているっぽく見える？」

「えっ？　何、急に？」

「いや、あの、えっと……前に言われたことがあって……ごめん……」

漠然とした不安で馬鹿なことを聞いてしまった。

焦《あせ》る光に、明里が微笑みかけてくる。

「誰がそんなひどいこと言ったの？　ずば抜けて格好いいだけでひどいこと言われるんだね。光君は頭良さそうだし、いつも落ち着いてるし、全然詐欺師《さぎし》っぽくないよ」

「あ……あかりちゃ……」

脳内を『好き！』という言葉が駆け巡った
――好きだ。好き。俺あかりちゃんのことめっちゃ好き……っ……！

今すぐ結婚したい。世界の珍しい食べ物会場など抜けてこのまま区役所に突撃し、区役所の人に保証人になってもらって電撃結婚したい。奥さんは明里がいい。明里でないと人並みの人生を送ること自体が無理だ。彼女を愛しすぎている自分が怖い。

「フォー食べようね」

「うん」

そう返事したが全然落ち着かない。光は明里の手を取ると、美味しいというフォーの屋台目指して歩き始めた。

「美味しかったらレシピ調べて、家でも試作してみるよ」

「なんか、光君の時間を料理に使うのはもったいないような」

「えー、なんでそんな他人行儀なことを急に言うわけ？」

わざとすねてみせると、明里が赤い頬で言った。

「もったいないと思っただけだよ。だって光君はすごく働いてるじゃない。そんな人の貴重な余暇に家で料理しろなんて」

働きすぎだから仕事を休め、と思ってくれているらしい。可愛いにもほどがある。

公衆の面前だか『好き！』と叫《さけ》びながらキスしたい。会社の人らがいるのでやらないが、いなかったらキスくらいはしていただろう。

「ひどいよ。俺の幸せはあかりちゃんのために何かして過ごすことなのに」

あまりに明里の反応が嬉しくてわざと大袈裟《おおげさ》に嘆いてみせる。

「ごめんってば」

明里の目が潤《うる》み始めたので、冗談半分でいじめるのはやめた。

「分かってくれるならいいよ」

——俺もつい最近まで童貞だったくせに生意気だったよな。

そう思い、光は明里の手をぎゅっと握りしめた。

◆

翌日。

光は例によって、朝四時からのミーティングのために泊まらずに帰って行った。

——月曜日には必ず朝四時からのミーティングがあるのか。寂しいな。

まだ付き合って日が浅いからなのか、心の底からそう思う。今日も明日もずっと泊まっていってくれて構わないのに、と。

そこまで考えて、明里は慌ててぱたぱたと自分の顔を煽《あお》いだ。

——それじゃ同棲じゃん！　同棲するにはこのマンションは狭すぎる！

でもやはり光と一緒にいたい。

日本に残るために、最悪転職も考えていると言い切ってくれたことが嬉しかった。それに昨日、全然嫌がらずにこちらの会社の人にも会ってくれた。

光に大事にされていることがひしひしと伝わってくる。

だからこそ、こんなに離れがたく思うのだろう。明里はスマートフォンを取り出し、メッセージを確認した。

朝六時に光からのメッセージが届いている。

『今ミーティング終わった。これからお客さんと朝食。泊まりに行けそうな日があったら事前に連絡するね』
明里の部屋にはいくつか光の物が置いてある。着替えに歯ブラシにひげそり。光がひげをそるなんてなんだか意外だった。作り物のように美しい彼も、やはり普通の男性なのだ。
――今週も光君が泊まりに来れるといいな。
今までの恋人たちにはまったく感じなかった甘い恋しさを覚え、明里はスマートフォンをそっと胸に抱きしめた。

その日の明里の仕事はいつもどおりにそこそこ多忙だった。

――帰る前に明日の打ち合わせの資料を見直ししよ。朝からの会議だし、明日は時間にゆとりがないから……。

明里はそう思いながらメールをチェックする。

新しい売上資料が営業部から送られてきていた。このグラフも明日の配布資料に組み込んだほうが良さそうだ。

明里はファイルを開いて明日のレジュメを修正していく。

一時間ほど作業に集中していると、ふと園井に呼び止められた。

「綾瀬さん」

「園井さん……？」

明里は驚いて資料作成の手を止めた。

なぜなら、園井が別人のようにやつれていたからである。

「お疲れ様です。なんか、今日忙しかったですか？」

目の下が真っ黒で、一睡もしていない様子に見える。驚く明里に、園井が誤魔化すように頭をかいてみせた。

「いや、ちょっと昨日の夜、考え事しちゃってさ」

やはり寝ていないらしい。明里は無言でうなずく。

「明日の打ち合わせの件で何かありましたか？」

そう尋ねると、園井は首を横に振った。

「ううん、違うんだ。五分だけ休憩コーナー行かない？」

明里はうなずいて小銭入れを手に立ち上がる。

コーヒーでも買おうかと思ったからだ。

休憩コーナーは人影もまばらだった。園井は立席テーブルの一つにもたれ、疲れたようなため息を漏《も》らす。

「あのさ、昨日綾瀬さんが連れてた彼氏さんだけど、名前なんていうんだっけ？」

明里は予想外の質問に驚いて、目を丸くする。

「どうしてですか」

「いや、あの、ちょっと名前を知りたくて」

――光君の名前を？　まあ、本人が名乗っていたから教えてもいいのかな。

不思議に思いながらも、明里は答えた。

「来生君です」

「そっか、下の名前は？」

妙に真剣に尋ねられ、明里はおずおずと答えた。

「お父さんがアメリカ人なので、本名は『ガブリエル光』って名前ですけど、普段は『光』って通称を使っています」

「ガブリエル光……素敵《すてき》な名前だね」

「えっ、あ、はい、そうですね」

彼氏の名前を会社の人に褒められる。

これはどういうシチュエーションなのだろうか。

「まさか綾瀬さんに彼氏がいると思わなかったよ、あんな素敵な」

園井が遠い目になった。

「そうですね、釣《つ》り合ってないとは言われますね」

明里は小声でそう返事をした。というか、それ以外に答えられることがないのだ。園井は何を言いたいのだろう。

固唾《かたず》を呑《の》んで次の言葉を待つ明里に、園井は言った。

「あんな美形、一度見たら一生忘れないんだけどさ」

「そう……ですね……」

「俺、見ちゃったんだ。コンチネンタルスクエアの中庭で、女の人といる……あっ、あの、これは別に綾瀬さんを心配させようとかじゃなくて、純粋にあの彼、ひ、光さんはモテるのかな？って思って聞いてるだけで！」

園井の様子を見ているうちに、じわじわと妙な予感がこみ上げてきた。

——私、高校の頃、こんな光景を見たことがあるような？

あのときは確か、野球部のキャプテンだった男子が光を好きになってしまい、学校中がどうなるのかと息を呑んで見守ったのだ。

結局キャプテンは告白して振られ、以降は誰もその話題には触れずに話は終わったのだが。

——私、なんであんなことを思い出しているの？

焦《あせ》れば焦るほど鮮《あざ》やかにあの過去が思い出される。

明里を呼び出し『光に恋人いるの？』と聞いてきたキャプテン。

『彼女と別れて光に告白しようかと思う』と聞いてもいないことを教えてくれたキャプテン。

『振られた。相談に乗ってくれてありがとう』と一方的にお礼を言ってきたキャプテン。

そして、なぜか一連の出来事に付き合わされた明里。

――なぜかあのときと同じ空気を感じて仕方がないよ⁉

明里の背中に汗が伝った。

「光さんはモテるんだよな？」

真剣な顔で園井が尋ねてくる。

「はい。ものすごく。でも浮気はしない人なので、何か事情があってその女性と過ごしていたんだと思います」

「そっか、そうなんだ」

園井が深いため息をついた。

この話はどこに転がっていくのだろう。明里は身動きもできずにただ続きを待つ。

「彼女が綾瀬さんなら納得できるよ。俺、綾瀬さんがめっちゃいい子だって知ってるから」

――わ、わ、私はどんな顔をすればいいの？

焦りに焦りながら、明里は口を開いた。

「ありがとうございます」

お礼を言う以外にどうすればいいのだろうか。

園井が結局何が言いたかったのか。分からないけれど知りたくはない。

「明日も朝イチで打ち合わせだし、戻って準備しようか」

なんと、この中途半端な状態で話は終わりらしい。

変な汗まみれになりながら明里はうなずいた。

「私ももう少しで資料作成が終わるので、終業までに頑張っておきます」

姿勢を正してそう答えるしかできなかった。

「ところで、光さんはおいくつなんだ？」

追加の質問が来た。明里はとびきりの愛想笑いを浮かべて答える。

「二十五歳です。私と同級生なんです」

「そっか、年下かぁ」

園井がしみじみと呟く。明里はただひたすらニコニコと笑いながら、休憩コーナーの自販機でコーヒーを買った。

「二十五歳にして、容姿が完成されすぎているね」

「そうですね、光君は昔から格好いいんですよ。あ、のろけちゃってすみません」

これ以外の回答は、どう絞り出しても明里の中からは出てこなかった。ただひたすら『何も気づいていません』というフリしかできなかった。

――光君て、魔性の男……だよね……。

遠い目になりながら自席に戻り、明里は周囲に気づかれないようほっと息をつく。そして熱いコーヒーを啜《すす》った。

――仕事がんばろ。

それしか、今の明里にできることはなかった。

◆

「すみません……父に会社が払う金のことまでは口を出すなと叱《しか》られてしまいまして……」

ミーティング帰りに、鈴加《すずか》が廊下でそう声をかけてくる。

光は彼女を一瞥《いちべつ》し、冷たい声で答えた。

「なんの話ですか？」

鈴加はひどく申し訳なさそうな表情をしていた。

周囲の目があるところで余計な話をされたくない。

そう思った光は無言で顎をしゃくり、小綺麗なミーティングスペースに彼女を誘う。

ついてきた鈴加が、人の気配がないことを確かめて、小声で言った。

「……光さんの会社にお支払いする雇用費を増額する……というお話です」

「うまく行かなかったなら、話はおしまいですね」

光はそう言うとミーティングスペースを後にしようとする。鈴加が焦ったように声をかけてきた。

「お待ちになって」

その声音からは、初めて会ったときの傲岸《ごうがん》な態度が綺麗に失せている。

いつの間にか鈴加が『機嫌を取る側《がわ》』に回っているのだ。

――へえ。

光は浮かんできた薄い笑みを消し、足を止めて鈴加を振り返った。

「なんですか？　貴女《あなた》に選ばれるメリットがないなら話は終わりです」

「豊崎《とよさき》家の婿になれますわ！　一般家庭の貴方が！」

ありがたくもなんともない話だった。

「つまらない、貴女に縛られる人生の何が楽しいのか」

わざと意地悪な台詞を口にしてみる。鈴加はさっと青くなり、うわずる声で答えた。

「お、お金がある程度自由になりますわ」

「ある程度？　自分で稼いだ金を使うほうが楽しそうですね」

「そ、そんな、仰《おっしゃ》るような半端な額じゃありませんわ。毎年外車を買い換えられるくらいは」

「仮に結婚したとしても、俺は貴女の親からお金をもらいたいと思わないんですよね。それって、義理の親の言うことを聞き続けるお人形と何が違うんですか？」

光は肩をすくめて、ミーティングスペースを出た。

鈴加が慌てたように追ってくる。

「他の条件を教えてください、たくさんの女性たちから私が選ばれる条件を」

ない、と言い切ってしまうのは簡単だった。

――ところで『たくさんの女性たち』ってなんの話だろ？

光には明里しかいない。この女は何を誤解して、光をひどい女たらしのように言うのだろう。

考えたがまったく思い浮かばない。

ただ分かったことは『この状況は都合がいい』ということだ。

鈴加が下手に出始めたのは『都合がいい』。

このまま無理難題を押しつけて自ら去って行くように仕向ければいい。

光はそう思い、鈴加に言った。

「俺は真面目《まじめ》にビジネスの話をするのでなければ、もう鈴加さんには時間を割きません」

「ち、父に、来生さんに弄《もてあそ》ばれたと嘘《うそ》をつくこともできますのよ！」

阿呆らしい。そんな程度の言葉が脅《おど》しになるはずがない。

なぜなら光には『鈴加と二人きりになる時間などない』のだから。

――あかりちゃんの家にさえ週に一、二回しか行けないんだぜ？　勘弁してくれよ。

そう思いながら光は尋ねた。

「いつ弄ばれたんですか？」

「え……それは……」

「俺はひどいときは朝四時から拘束されていますし、夜も常に上司かチームメンバーと一緒に残業をしています。そうでないときは自社に戻って別の作業をしていますが？」

鈴加が黙り込む。

「言ってくださいよ。いつ二人で会ったんですか？　下手な嘘をついたらさらにお父様の心証が悪くなるんじゃないですか？」

みるみる涙目になる鈴加に、光は笑いかける。

「俺、もう鈴加さんの相手するのやめていいでしょうか？」

こう聞くのはわざとだ。相手が縋《すが》ってくるのを分かっているから、わざと言っている。

「いいえ！　私は来生さんが気に入ったんです！」

——皮肉だな、俺はあんたをまったく気に入らないのに。

「じゃあ金の話、お父様にもう一度お願いしてください。俺が貴女の言うことを聞くなら、うちの会社にメリットをくださるんですよね？」

「わ、私には、そんな力はなくて……」

屈辱をにじませて鈴加が言う。

「じゃあもう話すことはないですね、お疲れ様でした」

「お待ちになって……」

光は最後まで話を聞かず、鈴加に背を向けプロジェクトルームに戻る。プライドの高そうな鈴加のこと、追っては来ないだろうと思ったが、そのとおりだった。

――次は俺のことをお父様に言いつけるのかな？　好きにしろよ。

そう思いながら光はノートPCのキーボードを叩《たた》き始めた。

ひたすらプレゼン資料を作って数時間。区切りをつけて顔を上げたとき、ふと光は気づいた。

――あ、今日はもしかして、あかりちゃんの家に顔を出せてしまうのでは？

素晴らしい気づきだった。

疲れているからとホテルに戻っている場合ではない。

明里の顔を見て元気をもらおう。

そう思った光は資料作成を終えて時計を確認する。もう明里の会社は定時後だ。

――今日予定が合いそうなら、あかりちゃんの家に顔を見に行こう！

光はノートPCをバッグにしまいながら帰り支度を始める。

「明日は七時からパワーブレックファストだぞ」

「大丈夫です、把握しています。今日はちょっと行くところがあるので失礼します」

光はそう言い置いてプロジェクトルームを後にし、スマートフォンを取り出した。

『あかりちゃん、もしよかったら顔を見に行っていい？　朝も七時集合だから余裕あるんだ』

一応明里の最寄り駅まで行って、駄目と断られたらホテルに帰ろう。そう思っているとすぐに返信が来た。

『いいよ。光君の会社は本当に朝が早いよね』

明里が送ってくれた文章を見た瞬間、今日あった嫌なことが全部スーッと頭から消えた。いけないお薬にもきっとこんな効果があるに違いない。

『朝が早すぎるのは外資の悪習慣だね。ありがとう、じゃあ今からお邪魔する』

光は浮かれた足取りで地下鉄への階段を駆け下りた。

第六章　すれ違って交わる

明里《あかり》のマンションに着くと、彼女はもう家に帰っていた。居間に置かれた仕事用鞄《かばん》がずいぶんな大荷物だ。

「明日の資料とノートPC持ち帰ったら、結構な量になっちゃって」

「こんなにたくさん持つの？　大丈夫？」

膨《ふく》らんだバッグがいかにも重そうだ。持ち上げてみるとやはり重い。

「営業の人にも荷物運んでもらえばいいのに」

明里の仕事は営業部員のサポートだという。もちろん営業同行も多い。

そこまで考えて、光《ひかる》の脳裏にとある男の顔が浮かんだ。

光のほうをずっと見ていた『園井《そのい》』という男の顔だ。

——あいつがあかりちゃんと一緒に客先に行くのかな。

なんだか面白くない。明らかに態度がおかしかった男と明里を二人きりにするのは不安だ。

かといって会社と無関係の光が口を出せるかというと、そんなのは駄目だと分かっている。

「プロジェクターは会社の人が持って帰ってくれて、その分軽くなったんだよ」

「荷物が多いから心配だよ。まあ俺も人のことは言えないけど」

光の鞄も『追い剥《は》ぎに遭っても殴《なぐ》り倒せるのでは？』というほどに重い。

まず鞄自体が高級皮革製品で重く、さらにノートPCや資料、なぜか六法全書まで持ち歩いているせいだ。

しかし、自分はいくら荷物が重くてもいいが、明里に重い荷物を持たせるのは可哀想だと思えてしまう。これも惚《ほ》れた弱みなのだろうか。

「明日、駅まででも俺が鞄を持ってあげられたらいいんだけど、十時集合だと時間が合わないね」

「何言ってるの、そんなことしなくていいって。私もう慣れてるし」

明里が笑い出す。

そのとき明里のスマートフォンが鳴った。

明里が「ごめんね、会社から電話」と言って電話に出る。

「はい、綾瀬です。あ……園井さん……はい、はい。分かりました。予定していた本社第一ビルではなく、はす向かいの第二ビルのロビーで待ち合わせに変更ですね。分かりました。大丈夫です、どちらもうかがったことがあるので分かります。はい、では、明日はよろしくお願いいたします」

明里はそう言って丁寧に電話を切った。

そしてなんとも言えない表情で光を見つめる。

――え……っ？　あかりちゃん、今の顔……何……？

不安になって光は身を乗り出す。

「今の、昨日会った園井さん？」

「あ、うん、そう。明日は園井さんの営業同行だから」

そう言うと明里は黙り込んでしまう。

――あんな爽《さわ》やかなイケメンに営業同行するの？

面白くなかった。多国籍料理博覧会でじっと光を睨《にら》んでいた男と明里が、仕事を一緒にしているなんて不安である。

――あかりちゃんを信用してないいんじゃないいんだ。ただ俺は、あかりちゃんによく分からない男が近づいてくるのが嫌なんだよ。

そう思いながら光は明里の小さな手を取る。

「あかりちゃん」

「えっ、何？」

何かを考え込んでいた明里が、驚いたように顔を上げた。明里の顔が疲れて見える。

「何かあったの？　元気ないいけど。あの先輩と一緒に仕事するのが嫌なの？」

「そんなことないよ！　園井さんは優秀だし、むしろ私たちをフォローしてくれる先輩だよ！」

「じゃあ、なんでさっきから、何か考え込んでるの？」

「か、考え込んでないよ……そんなことないよ……」

明里が目を泳がせながら答える。

――何それ。すごい不安になる答えなんですけど。あかりちゃん嘘《うそ》つくの下手すぎ。絶対隠し事してる。

光はともすれば目をそらそうとする明里の顔を覗《のぞ》き込んだ。

「困りごとがあるんだよね？」

「う、ううん、ないよ」

「嘘」

光は明里の華奢《きゃしゃ》な顎に手を掛けて上を向かせた。

「……もしかしてさ、あの先輩に口説かれたりしてるわけ？」

駄目だ。声に嫉妬がにじみすぎている。どんなに頑張っても制御できそうにない。

光はそっと明里の身体を床に押し倒し、顔を覗き込みながら尋ねた。

「俺に隠れて『好きだ』とか言われたりしたの？」

「口説かれてなんてないってば！」

明里はまっすぐに光を見てそう答えた。

「だとしたら、さっきから何を悩んでるの？　園井さんの電話があってから変だよね」

「あ……えっと……内緒」

今度は視線をさまよわせながら明里が言う。

問い詰めずにはいられない態度だった。光は極力嫉妬を抑えて、静かに尋ねる。

「じゃあ俺の質問に『はい』か『いいえ』で答えて」

明里が困惑したようにうなずく。

「色恋沙汰《ざた》？」

「えっ……あっ……あの、はい……」

「園井先輩の色恋沙汰？」

「はい……」

明里は困り果てた顔になっていく。

「あかりちゃんも関係あるの？」

「……はい……」

つっと大きな目をそらされ、ますますわけが分からなくなりながら光は尋ねた。

「園井先輩はあかりちゃんが好きなの？」

「いいえ」

今度は視線がこっちに戻ってくる。

「俺には言えない話なんだ」

「はい」

そう答えて、明里がゆっくりと身体を起こす。

「ごめんね、私が勝手に悩んでるだけなんだ。でも園井さんのプライベートの話だから、勝手に口外できないの。うまく説明できなくてごめん」

明里はそう言うと、光に向かって手を合わせた。

本気で謝られているのが伝わってくる。

「園井先輩のプライベートに、どうしてあかりちゃんが関わるのさ」

「知らないよ。知らないけど一方的に話を聞かされちゃったの」

穏やかではない。人の彼女を悩ませるとは、いったい何をしてくれるのか。

光は明里を和ませる笑み一つ浮かべられないまま言った。

「あのさ、俺、その園井先輩って人と話してみたい」

「ええっ？」

床に座っていた明里が飛び上がらんばかりになる。

「大丈夫だよ、放っておいて平気だよ？」

「何を隠されてるか分からないし、嫌だ」

「ええ……どうしよう……光君は会わないほうがいいと思う……」

明里の大きな目がきょろきょろと落ち着かなく動き回っている。

なぜ『光君は会わないほうがいい』と思うのだろう。

挙動不審なことこの上なく、明里らしくない。

「あの園井さんって人、この前の博覧会で俺のことをずっと見てたんだ。だから違和感がある」

「そうか、光君のほうをずっと見てたんだ」

明里がはぁ、とため息をついた。

そのため息の理由が分からず、ますます光の疑いが深まっていく。

「あかりちゃんがいくら『平気』って言ってくれても、証拠がなければ信用できないよ」

「証拠？　証拠はないけど本当に平気だよ。放っておくしかないと思うの。話も聞いたけど、私たちにはどうにもならないことだったし」

やはりこの話題になると明里の目から元気が消える。

明里を悩ませているのはあの男なのだ。

「あの人と話がしたい。人の彼女に一方的に相談事をして悩ませてるのはなぜですかって」

「園井さんはいい人だし、私を好きなわけじゃないんだってば」

なぜ明里はこんなに必死に彼を擁護するのだろうか。

「信用できないな。だってあかりちゃんは俺に隠し事してるだろ？　こんな状況絶対に納得できない。あの園井さんって人と話をさせてもらえないか？」

明里は長い間無言で悩んだあと、おもむろにスマートフォンを手に取った。そして気乗りしない仕草でメッセージを打ち始める。

——分かってるよ、ごめん。本当はこんなふうにあかりちゃんを問い詰めちゃいけないんだ。俺だって君が関わっていなかったらここまで嫉妬しない。おかしいよな。おかしいんだよ。

光は拳《こぶし》を握りしめる。

明里はしばらく光に背を向けてスマートフォンを弄《いじ》っていたが、やがて元気のない様子でこちらを振り返った。

「会ってくれるって」

「どうしてそんなにぐったりしてるの？」

「ごめん、それも園井さんに会って聞いて」

光の唇に自嘲《じちょう》の笑みが浮かんだ。

「ふうん、俺には話せないんだ」

彼氏になれたと浮かれていたけれど、明里には明里の世界がある。

その世界は光を仲間に入れてくれない、いつもの『普通の人の世界』なのだ。

光を見て騒いでいた営業部の人々の姿が浮かんでくる。明里は、光が仲間に入れない『みんな』の一員でもあるのだと見せつけられた気分になる。

——あかりちゃんは、俺の、なのに。

そう思ったら、こみ上げてくる嫉妬心を抑えられなくなってきた。

「そうなの。私の口から話すべきことじゃないの。それに園井さんの好きな人は本当に私じゃないから。それだけは確実だから」

「園井さんがあかりちゃんを好きかどうかなんて分からないだろ？　だってあかりちゃん、俺の気持ちにだって十年以上気づかなかったくせに！」

「……ごめんね」

床に座ったままの明里はとても悲しそうに見えた。

「あ……」

明里が悲しんでいるのは光のせいなのだ。彼女が『気にしなくていい』と言ったことをしつこく追求してしまったから。

分かっているのに、光はまだ思っている。

なぜ明里は『俺だけに』こっそり困りごとを話してくれないのかと。

——駄目だ、冷静になったほうがいい。どうして俺はあかりちゃんに腹を立ててるんだよ。

それはおかしいだろ？

光は自分にそう言い聞かせると、ゆっくりと立ち上がった。

「……今日はちょっと頭冷やしてくる。俺、どうかしてるわ。ごめん、あかりちゃん」

「え……待って……」

「園井さんに指定された時間が分かったらメッセージで教えて」

「光君、待って」

呼び止めようとする明里の声が悲しそうなのが辛かった。

光は無言で玄関に立つと、靴を履いて鞄を手に外に出る。

——なんなんだよ。妬《や》ける。妬けてどうにかなりそうだ。

光の脳裏にはひたすら、爽やかそうな園井の顔が回り続けていた。


ホテルに戻り、シャワーを浴びてベッドに寝転んでも、イライラは消えない。そのとき光のスマートフォンが鳴った。

上司からだ。死ぬほどどうでもいいと思ったが一応確認する。

『合コンのメンツは揃った。全員ノル&アンダースン・カンパニーの正社員で、間違いなく既婚者はいないと森ケ崎《もりがさき》さんに伝えてくれ』

——こんなときだけ仕事が速いな！

先日、森ケ崎に言われたとおり、彼女の写真を合コン好きな上司に見せたのだ。

上司は一目で彼女を気に入ったらしく、豪速で社内のメンツを集めてくれた。

その中に光は入れられていない。『最近彼女できたんで』と断ったら快く外してくれた。ライバルは一人でも少ないほうがいいのだろう。

阿呆らしくなってスマートフォンを投げ出す。

明里からのメッセージでなかったことが、光をひどく落胆させていた。

――園井さんって、俺よりあかりちゃんと仲いいんだろうな。だって二年も一緒に働いてるんだし。俺はずっと幼なじみだったけどそれだけだ。やっとアプローチできて付き合えたけど、それだけなんだ。だからあかりちゃんは園井さんって人のほうを庇《かば》うんだ。

そう思うと心がじくじくと痛んだ。

明里が、光を自然と仲間はずれにする『みんな』と仲良くしている。そう思うだけで痛い。

情けない、子供じみた嫉妬だ。

『俺の気持ちにだって十年以上気づかなかったくせに』

明里に向かって吐《は》いた言葉が自分に突き刺さる。

彼女はあんなにも魅力的なのに、男にモテる、好かれるなんて微塵《みじん》も思っていないのだ。そのことが焦《じ》れったくて苦しい。

『みんな』には仲間がたくさんいるではないか。自分から明里を奪わないでほしい。光にとって、明里は唯一無二の存在なのに。

――嫌だ。ろくに日本語も喋《しゃべ》れないような頃から味方してくれたのは、あかりちゃんだけなのに。

本当に小さい頃、容姿が人と違う光は、よく他の子供からいじめられていた。

掌《てのひら》を返したようにモテ出してからは、光の気持ちなんて無視して追い回され続けた。

一貫して光を見てくれた、公平に接してくれた、優しくしてくれたのは明里だけなのだ。

――俺って、可愛くて優しい幼なじみにひたすら縋《すが》る、情けない男なのかもな。

明里がいなくなった光の世界には希望がない。

その先には『好きになれなくてごめんなさい』と思いながら、ただひたすら逃げ回る人生が待っている。『来生君の心を捉えるためならなんでもする』と言い切る人間たちに追い回され、ノイローゼ気味に過ごす日々が待っているのだ。

――嫌だよあかりちゃん、ごめん……俺のこと嫌いにならないで。

恋愛だけは本当に下手くそで泣きたくなる。

そう思いながら、光は腕で両目を覆《おお》い重苦しい息を吐き出した。

◆

「それで来生君《きすぎ》、一昨日は帰っちゃったの？」

わざわざ仕事帰りに付き合ってくれた森ケ崎が、カフェオレを飲みながら言った。

「そうなの」

どっと落ち込みながら明里はうなずく。

「会社の人が、自分の彼氏を好きになっちゃったってキツいわなぁ」

森ヶ崎がしみじみと言う。

そしてデザートのパフェを味わうように食べ始めた。

「しかもその人、男の人だから……余計私が勝手に喋るわけにはいかないと思ったんだよね」

明里の言葉に森ヶ崎が大きく目を見張る。

「懐かしい！　来生君は高校のとき、六人くらいの男子に告白されてたもんなぁ」

「え、そ、そんなにいたの？　私、一人しか知らないや」

「そうだよ。あんたの未来の旦那は魔性の男だよ。生きてるだけで本人の望むと望まざるに関わらず、男女、性別不詳、老若男女問わずに愛されちゃうんだよ！」

――う、そ、そのとおり！

胃が縮み上がるように痛んだ。

明里はため息混じりに溜まっていた不安を森ヶ崎に打ち明ける。

「今後もいっぱい光君目当ての人間が現れるってことだよね。今回はたまたま、来生君が同性愛者ではないから、男性の告白は受け入れないだろうって安心できるけど」

「大丈夫、平気、気にすんな」

「平気じゃないよ、私はすっごく胃が痛い」

「来生君と綾瀬は対等なんだよ」

森ヶ崎が自信ありげに言う。

「対等……？」

「うん。あんたも来生君も自信なさすぎ！　お互い遠慮し合ってるようにしか見えないわ」

「そうかなぁ」

あの輝ける星のような男と一般人の自分が対等だと言われても、自信は持てない。光が自分を好きすぎて錯乱《さくらん》していると言われても同様だ。ピンとこないのだ。

「来生君にとっては綾瀬がパートナーだってこと。パートナーがいる人間にすり寄ってくるヤツのほうがおかしいわけ。だから今後どんなに来生君がモテても、綾瀬は堂々としてればいいんだよ！」

「そ、そっか、でも私、光君がすごすぎて、気が引けちゃうところがあるっていうか……今もケンカしちゃってるじゃん？　でも何も言えなくて」

光が怒って帰ってしまって、明里は正直、しょげている。あれから連絡が一度もできていないし、光からもメッセージはない。

「言っていいんだよ。上司や客じゃあるまいし、彼氏でしょ？　思ったこと言っちゃいなよ。あ、来生君に対して気が引けるなら、面白いもの勝手に見せてあげるぅ」

——勝手に見せる？　なんだろう？

首をかしげた明里の前で森ヶ崎がスマートフォンを操作し始める。

しばらくして、明里のスマートフォンにメッセージが届いた。

森ヶ崎からだ。写真が添付されている。目のほとんどが隠れた『茸《きのこ》』のようなおかっぱ頭の男が、こちら側《がわ》を振り返っている写真だった。

それにしても独創的な髪型である。

後ろは刈り上げにし、あくまで髪型は茸の形を保っている。

わざわざパーマをかけているとしか思えない。

こんな変わった髪型にわざわざするなんてアーティストなどの芸術関係者だろうか、と思ったとき、下顎のラインが見慣れた男のものであることに気づいた。

「え、これは光君?」

明里は驚いて森ヶ崎を見つめる。森ヶ崎は薄笑いを浮かべながら言った。

「よく分かったね！　あまりにモテたくなさすぎて、大学時代は独自の防衛策を取ってたらしいよ、彼」

——モテたくなさすぎる、か。光君らしいな。

何か言い返そうとしたが、何も言葉が出てこない。

それほどに光の髪型は独創的すぎた。

「綾瀬、大学のときに一度でも来生君に会った?」

「ううん、多忙でお盆と正月は家にいられなかったって聞いてるよ」

「実際はこんなナリだから会えなかったんだよ。好きな女に」

森ヶ崎はまだニヤニヤしている。

大学時代に光に会えなかった理由がなんとなく分かった。彼はこの髪型を見られたくなかったのだ。でも、このくらいの容姿の変化で嫌いになったりは絶対しないのに。

明里は茸頭の光の写真を見つめた。そしてほう、とため息をつく。

「光君は変わった髪型にしても格好いいからすごいね」

森ヶ崎がちびちびとパフェを食べていた手を止める。

「あんたの意見のほうがすごいわ。だってこいつに道で会ったらびっくりしない？　私、コレが来生君の家から出てきたときに『うわぁ』って叫《さけ》んじゃったけど？　声を聞くまで来生君だって分からなかったよ？」

「私も多少は驚くと思うけど、よく見たらやっぱり美形だ、って思うだろうな」

「え？　それ惚《ほ》れた弱み？」

森ヶ崎が真顔で尋ねてくる。

「ううん、だって顔のラインとか首筋とかすっごく綺麗《きれい》だよね？　あと体格もすらっとしてて見とれちゃうくらい綺麗」

うっとりと呟《つぶや》くと、森ヶ崎が髪をくるくると指に巻き始めた。

「なんだよ。一番の来生フェチなの綾瀬じゃん」

「違う、私は事実を述べているの」

「はいはい、ご馳走様《ちそうさま》。のろけのろけ、亜子《あこ》ちゃんはお腹いっぱいです。愛してるねぇ旦那を」

「だ……っ……旦那さんじゃないよ……っ……」

明里の顔にすごい勢いで血が集まる。

「え？　まだ結婚しようって言われてないの？」

「付き合って一ヶ月も経ってないんだよ？　言われるわけないでしょ！」

「くくく」

「何その笑い」

森ヶ崎はひとしきり笑ったあと、涙を拭《ぬぐ》いながら明里に言った。

「来生君は、妄想の中で千回くらいあんたと結婚式挙げてると思うよ。顔に似合わずむっつりだもんなぁ。私が送った二百五十枚以上の写真も全部プリントして保管してるんじゃない？」

「二百五十枚以上⁉」

「そう、あんたが美味しい美味しいって、何か食べてる写真ばっかだけど」

「ま、前に写真送ったとは聞いたけど、そんなに大量に送ってたとは知らなかったよ！」

明里の抗議に森ヶ崎が肩をすくめた。

「ごめんねぇ、消音アプリ入れて盗撮してたから」

言葉もない。SNSが大好きな森ヶ崎が、自撮りしたり周囲の写真を撮ったりするのはいつものことなので『知らない人が映っていたらネットにアップするのはやめなよ』と言うくらいだった。

「勝手にキューピッドとして張り切りすぎちゃってさ、悪いわね」

森ヶ崎はなんでもないことのように言うと、再び無心にパフェを食べ始める。

その態度を見ていたら、ひたすら光に気を遣って黙っている自分が馬鹿らしく思えてきた。

——なんかやるせないなぁ。あんな髪型にしてまで人から逃げ回っていたなんて。光君には、いい人に好かれる魅力だって十分にあるのにね。

森ヶ崎の言うとおり、自分も光も、もっと自信を持つべきなのだ。そうでなければこの恋はあっという間にぺしゃんこに潰れてしまうだろう。

「ありがと、森ヶ崎。私、今から頑張って光君にメッセージ送ってみる」

「頑張らなくても、あっちは正座して待ってるよぉ」

軽くあしらわれて、明里は拳を握りしめた。

「連絡しなくてごめんなさい、でいいかな?」

「メールくらい寄越《よこ》せ、でいいと思うよ」

「そんなに高圧的なの送れないよ!」

「いいから! そのくらいの強さで接してみなって!」

――どうしよう？　なんて言おうかな。謝るのも違うよね？

明里は緊張しながら光へのメッセージを送信した。

『元気？　園井さんとの待ち合わせは、まだ日程調整中です』

仕事中なのかすぐに返信はなかった。明里はスマートフォンをバッグにしまう。そのとき森ヶ崎が、こちらに向けてスマートフォンのカメラを構えた。

「なんで写真撮るの？　また合コンの写真？　私もう行かないよ？」

「まあまあ」

森ヶ崎は答えない。好きにさせようと思いつつ、明里は冷え切ったパスタに手をつける。

しばらくして森ヶ崎のスマートフォンが鳴った。

彼女がニヤニヤ笑いながらスマートフォンの画面を明里のほうに向けてくる。メッセージ画面にびっしりと文字が打ち込まれていた。

『あかりちゃんの写真ありがとう。いつ見ても可愛くて最高。森ヶ崎は写真撮るの上手だよな。この写真はいつ撮影したの？　記録したいから何月何日の何時何分くらいに撮影したのかできるだけ具体的に教えて。あとあかりちゃんが食べてるのカルボナーラ？　あかりちゃんはカルボナーラが好きなのか？』

明里の目が点になった。

――あれ……このメール……光君が森ヶ崎宛に送ったもの？

驚く明里に、ニヤニヤしながら森ヶ崎が話しかけてくる。

「ね？　あんたの旦那、あんたへの愛と熱と執着がすごいでしょ？」

驚きで目を点にしながらも、明里は正直に答える。

「あ、で、でも、私も光君の写真がいきなり送られてきたらこのくらい興奮すると思う」

「お似合いです。おめでとうございます」

森ヶ崎に真顔で言い切られ、明里は再び真っ赤な顔になった。

——だって光君のことすごい好きだもん。私も同じくらいはしゃいじゃいそう。

しばらく待つと、光から明里宛にもメッセージが届いた。

『元気だよ。連絡しなくてごめん。それから家に上げてもらったのに勝手に帰っちゃって本当にごめんなさい。ようやく頭が冷えました。園井さんのプライバシーがあるから俺に話せないんだよね？　だけどそれは園井さんに聞けば全部分かることなんだよね？』

明里の口元が自然にほころぶ。

——メールもらえただけでこんなに嬉《うれ》しいんだもん。私はまず、自分が光君をすごく好きなんだってちゃんと伝えなきゃ駄目なんだ！

そう思いながら、明里はすぐに返事をした。

『そうだよ。分かってくれてありがとう。園井さんの件は光君に任せる。暇ならまた家に来てね』

『今日行っていい？　今から会社出でタクシーで行く』

明里はスマートフォンから顔を上げ、森ケ崎に言った。

「光君がこれからうちに来るんだって！」

「へー」

森ケ崎は名残惜しそうにパフェの底の部分をすくっている。そうなることは分かっていた、と言わんばかりの表情だ。

「ごめんね、私もう帰る」

「寒空の下待たせときゃいいのに、ま、いいよ。頑張って。私はもう一個ケーキ食べたら帰る」

そう言って森ケ崎はヒラヒラと手を振った。

明里は中座のお詫《わ》びを兼ねて森ケ崎の分も会計を済ませ、店を出る。そして駅へと走った。

この駅から明里の家までは三十分ほどだ。おそらく光を待たせてしまう。そう思いながら明里はメッセージを打つ。

『今日は寒いから、駅ビルの一階のコーヒーショップで待ってて。私はあと三十分で着きます』

『分かった』

明里はほっと息をつき、森ケ崎に『先に帰ってごめんね』とメッセージを打った。そして他のメッセージも確認する。

園井から『来生さんと三人で会う件だけど、土曜の十一時から会社の一階のカフェはどうですか？』と伝言が来ていた。

なんと返信しようか迷った末、明里は勇気を出して短い文章を送る。

『その時間で大丈夫です。変な話をしてしまいますが、光君は、園井さんが私のことを好きなんだって誤解しているんです。ごめんなさい』

『いいよ、そういう誤解、いや誤解でもないいんだけど、解かないとね』

——どういう意味？

明里は内心首をかしげる。だが聞いても仕方なさそうだと思い直した。

『ありがとうございます。当日よろしくお願いします』

明里はスマートフォンを切り替え、いつも読んでいる漫画に目を落とした。

しばらく電車に乗っているうちに自宅の最寄り駅に着く。駅のコーヒーショップは一件しかない。見回すと、光が二人掛けのテーブルに腰掛けてノートＰＣを開いていた。

周囲の人たちがちらちらと光を見ているのが分かる。

すぐそこに座っている女性たちが「あそこに座っている人、モデルさんかな？　芸能人？」と光を見ながら会話しているのが聞こえた。

「あかりちゃん！」

明里が声をかける前に、光が顔を上げる。そして洗練されたデザインの革鞄にノートＰＣをしまい込むと立ち上がった。

「お待たせ、ごめんね」

「そんなに待ってないよ。メールチェックできたし気にしないで」

周囲の人々の賞賛の眼差《まなざ》しなど気にした様子もなく光が微笑《ほほえ》む。二人で連れ立って店を出たあと、光が優しい笑顔で言ってくれた。

「あかりちゃん、メールありがとう」

「ううん」

なんと言っていいのか分からず、明里は首を横に振った。

「いや、俺が勝手にカッとなって出てったのに、先にメールくれてありがとう。いろいろグズグズ考えてたけど、メールもらえただけで俺はすっごい救われたんだ、ありがとう」

明里はもう一度黙って首を横に振る。そして思い切って尋ねた。

「光君、森ケ崎から私の写真をもらってるんだよね？」

「え！」

単刀直入な質問に、光が身体をこわばらせた。

◆

「光君、森ケ崎から私の写真をもらってるんだよね？」

突然鋭《するど》い質問で刺され、光の全身が硬直する。

「え！」

いつか告解せねばと思っていたことだが、女スパイのほうからすでにバラされていたようだ。

だとしたら光にできることは……。

「ごめん」

そう、謝罪のみだ。

「ううん、いいの。ただもらってどうしてるのかなって思って」

どうしているもこうしているもない。保存一択である。

一番質の良い印画紙に写真をプリントし、一個一個を和紙でできた写真保存ケースに入れて傷まないよう保管したままだ。

ニューヨークの自宅の家財はたいした物がないので処分する予定だが、明里の写真だけは機内持ち込みで日本に持ち帰る。これは予定ではなく決定だ。

「大事にしてるよ」

――ごめんあかりちゃん……気持ち悪いよね、君に黙って写真をもらっていたなんて。

光はしゅんとなり、うつむいた。

「二百五十枚以上あるって本当？」

「うっ」

本当である。

正しくは二百六十三、今日送られてきたもので二百六十四枚目だ。

これから明里に『勝手に人の写真集めまくるな』と怒られるのだろうか。

それとも『気持ち悪い。写真と仲良く暮らせば？』と冷たく去られるのだろうか。

前者なら興奮するが後者は駄目だ。後者だけは耐えられない。今すぐに後者の話を切り出されたときのプランを練らねばならない。

だが率直に言えばプランもへったくれもないのだ。こんなケースをコンサルティングするとしたら『開き直れば？』と助言する以外にない。

「そうだよ、森ヶ崎さんがくれるだけ全部もらった。だってあかりちゃんの写真だからね」

大失敗である。

顧客に対して偉そうな御託を並べ、それでたんまり稼がせてもらっているくせに、恋愛となると『お前大丈夫か？』と真顔で問いたくなるような成果しか出せない。

「あのね、私も光君の写真持ってるんだ」

不意に明里が笑った。

可愛い。可愛すぎる笑顔だ。心が浄化され手を合わせたくなるほどに可愛い。きらめくその笑顔に吸い寄せられたとき、明里がスマートフォンをこちらに向けてきた。

明里のスマートフォンに、映ってはいけないものが映っている。

それは永遠に封印したはずの黒茸姿の自分だった。

「は？」

明里の答えは前者でも後者でもなかった。『お前は茸だったんだよな？』だ。

どうすればいいのか分からない。思考停止だ。もう何もコンサルティングできない。

なぜ、なぜ明里の清らかで澄み切った双眸《そうぼう》に自分のキモい姿が映る羽目になったのか。

犯人は誰だろう、森ケ崎以外にいないのだが、もしかしていつまでも合コンしないからこんな羽目になったのだろうか。

――合コンのメンツは決まったのに、森ケ崎に連絡するのが一歩遅かった。ああ、くそ！

そう思ったとき、明里の愛らしい声が耳に飛び込んで来た。

「可愛いね？」

これは明里の自己紹介だろうか。

打ちひしがれた顔で「うん、あかりちゃんは可愛いよ」と答えると、彼女はくすくす笑って首を横に振った。

「ううん、違う。この変わった髪型の光君が可愛いねって言ったの」

明里が笑顔で首をかしげた。

「何を言われているのかちょっと分からないです」

「すごくオリジナリティがあって可愛いよ。芸術家の人みたい」

「そんなに褒《ほ》めてくれるのはあかりちゃんだけ……かな……？」

うつろな気分で光は答えた。

せっかく、明里の前では格好いい自分を見せたかった。一度も見せられた気はしないけれど、せめて茸頭の自分だけは隠し抜きたいと思っていたのに。

「そうなの？　私だけなんだ」

しかしなぜか明里はご機嫌だった。いつもは光のほうから肘を差し出すのに、今日の明里は、積極的に腕に腕を絡めてくる。

口から心臓が飛び出し天に召されそうになった。

「なんでこの髪型にしてたの？」

「人が近づいてこないから」

光は即答した。大学時代はこの異様なオーラを放つ格好のおかげで、大半の生徒から無視されスルーされて、とても快適に過ごすことができたのだ。

応えられない相手に好かれたくなかった。告白されて『ごめんなさい』と謝って傷つけ、逆恨みされたり気まずくなったり、赤の他人になったりするのが辛かった。

「どうして人を近づけたくなかったの？」

真面目に答えようとしたとき、光はとてつもない事実に気づいた。

胸が当たっている。明里の胸が腕に当たっているのだ。

わざとだろうか。無意識だろうか。どっちにしても大歓迎だが、下半身も大歓迎しそうなのでちょっと控えてもらえると助かる。

でも離れないでほしい。

つまり光が心頭滅却する以外にすべはないのだ。

――そうだ……心頭滅却を……っ……！

具体的にはどう滅却するのだろう。全然分からないと思いながら光は答えた。

「あかりちゃん以外の女の人が嫌だったから、苦手だったから。ガキみたいな理由でごめん」

「言ってくれればよかったのに。私は光君がこの髪型でも会いたかったよ」

明里がしみじみと言った。ふよふよと触れる胸の感触を噛《か》みしめながら、光は答える。

「そうだね。こんなふうに受け入れてもらえるなら、そうすべきだった」

「私ね、一緒にいる間にだんだん分かってきたの。ずっとずっと光君のこと好きだったんだって」

「彼氏いたくせに」

そう、明里には彼氏がいたのだ。悲しくて悲しくてどうしようもないことだが、光が茸だった間、明里は知らない男やメロンソーダフロート男とキスやセックスをしまくっていたのだ。

悲しい。焼き払いたい。すべてを。自分の嫉妬と元彼と明里に残る元彼の記憶を。

「だって私、光君には手が届かないって勝手に思い込んでたんだもん」

光は驚いて明里を振り返る。明里は笑顔のまま小声で続けた。

「だから好きでもない人に告白されて付き合って、好きじゃないことを悟られて、し……処女のまま振られちゃってさ……」

光の時が停止した。

今、すごく自分に都合がいいストーリーが紡がれたような気がしたのだが、気のせいだろうか。

「え？　何？　しょ……じょ……？」

抑えに抑えた声で尋ねると、明里がこくんとうなずいた。

「じゃあ、俺が初めてだったの？」

さらに尋ねると、明里は真っ赤になって再度うなずく。

「なんで教えてくれなかったの⁉」

「だって経験豊富な光君に馬鹿にされたくなかったんだもん」

「それ誰のこと⁉」

経験豊富な光君などこの世にいない。

「意外と分かんなかったでしょ？」

「分からなかったよ……！　っていうか俺に分かるわけがないんだよ……！」

気づけば光は『俺も童貞だったよ』という最悪の情報を開示していた。

「そんなに驚くこと？」

「驚くね。好きな人が俺しか知らないって、俺にとっては世界一の朗報だもん」

「もしかして光君もしたことなかった？」

時が止まった。

凍りつく光に明里が微笑みかけてくる。

「じゃあお互い初めて同士だったんだね。よかった」

「え、あ、あの、うん、そう！」

死ぬかと思ったがなんとか無事だった。

正気を取り戻して微笑みかけると、明里も林檎《りんご》のように赤く染まった顔で微笑み返してくれた。

——ど、童貞だったこと、笑われないんだ。あかりちゃんの寛容さは仏様《ほとけ》に匹敵するな……。

それに写真の件は怒ってないのかな？

そう思ったが藪《やぶ》をつつくのはやめておく。

明里が何も言わないのだから、それでいいのだ。

光は身をかがめ、周囲に人気がないことを確認して、そっと明里の唇にキスをした。

幸せで幸せで、明里以外のすべてが頭の中から吹っ飛んで行くのが分かった。

第七章　強くなって恋しよう

——今日は園井《そのい》さんと待ち合わせなんだっけ。俺が頼んだんだ。だるい。一日あかりちゃんとイチャついてるほうがずっと有意義だったのに。

光《ひかる》は全裸で起き上がった。傍《かたわ》らにはパジャマの上だけを羽織った明里《あかり》がすやすやと眠っている。

——ああ、可愛い寝顔……。

光は明里の頬にキスをする。

明里が寝ぼけたように身をよじった。豊かな乳房が開けっぱなしのパジャマの前から覗《のぞ》く。その白い肌には赤紫の口づけのあとがいくつも散っていた。

ごくり、と喉が鳴った。

朝勃《だ》ちが本格的な勃起に移行してきたことが分かる。

光は枕の下に手を入れ、そこに置いておいたコンドームを手にした。

「あかりちゃん、またセックスしよ」

光の声に、明里が薄く目を開ける。

「まだ朝だよ……」

「それは『いい』って意味？」

尋ねながら光は明里にのし掛かり、むっちりとした腿に手を掛けた。この柔らかな身体と、昨夜何度も絡まり合ったのだ。

生々しい情景を思い出すごとに強く自身が反《そ》り返っていくことが分かる。

「あ……」

寝ぼけていた明里が甘い声を上げた。真っ白な肌の中、広げさせた脚の間だけが黒々とした和毛《にこげ》で覆《おお》い尽くされている。

その光景がひどく淫靡《いんび》に見えて、光は未だ湿ったたままの秘裂に手で触れた。

「んっ！」

光は戯《たわむ》れに、切っ先をあてがったまま裂け目の上を幾度も滑らせた。

「は……あん……っ……あぁ……」

焦《じ》らされた明里が甘い声を漏《も》らす。昨夜の痴態《ちたい》を思い出したかのように、ゆるゆると身体を揺すり始めた。

杭の先端で弄《もてあそ》んでいるうち、秘裂の表面がじっとりと湿り始めた。

「入れていい？　昨日いっぱいしたからすぐ入るかな？」

「あ……ひかるく……んっ……」

すでに全開に反り返った自身の先を、明里の入り口にそっと押しつける。そこはすぐに、ぐちゅぐちゅと音を立てながら光を吸い込んでいった。

「だめ、朝から……んあ、んぁあっ……！」

肉杭を咥《くわ》え込んだ明里が腰を揺する。

脚を強引に開かれ、貫かれる姿はなまめかしく、綺麗《きれい》だった。

――俺としかしたことないんだ。

そう思うと胸の中に得体の知れない喜びが満ちてくる。

――あかりちゃんは俺のコレしか知らないんだ。どうしよう。ごめんねこんなので、責任感じるから結婚しよ？

光はわざと焦らすように、ゆっくりと抜き差しを繰り返す。

「は……ん、んぅ……っ、んく……っ……」

必死に声を殺そうとしている明里が、突き上げるごとに甘い声を上げる。身体を離したまま番《つが》っていると、明里の乳房が揺れる様がはっきり見えて、よかった。

「あー、気持ちいい……いつかゴムなしでしたいね……」

「な、何言って……や、やんっ……あっ……」

「美味しい？」

あえてピストンの速度を上げずに尋ねると、明里が恥じらうように首を振った。

「美味しいでしょ？　美味しいって言ってよ」

「あ……お、美味し……っ……」

光を咥え込んだ場所は蜜をたたえてぬらりと光っている。明里が身体を揺するたびに、甘酸っぱい匂いがあたりに広がった。

——エロ……。

裂け目に吸い込まれそうになりながら、光は繰り返し明里の奥を抉《えぐ》った。

小さな手で口を押さえたまま、明里は腰を揺らす。

「ん……んぅ……っ……ん……！」

明里が間違いなく感じていることが分かって、嬉《うれ》しくてたまらない。嬉しくなったら、もう駄目だ。光の抜き差しの速度がだんだん速くなっていく。

叩《たた》きつける腰の音が激しくなり、ベッドが軽いきしみ音を立てた。

——うるさくしちゃ駄目なんだっけ。そうだよな。

昨夜は、最後の一回は我慢できずにラグの上でセックスしたのだった。

後背位になった明里が猫のようで、たまらなく淫《みだ》らだった。

——駄目だ、思い出したらますます勃ってきた……。

光はベッドをきしませないよう細心の注意を払いながら、接合部をぐりぐりとすり合わせる。

「んー……ッ！」

明里が力なく仰《の》け反《ぞ》り、ますますしゃぶりついてくる。

淫杭を食いちぎられそうだと思いながら、光はさらに強く身体をこすりつけた。

「や……だめ……も、もう……いく……っ……」

明里が大きく股を開いたまま、泣きそうな声で言う。

「昨日いっぱいいったのに、もういくの？」

「あ……あぁ……っ……！」

光を受け入れている隘路がぎゅっと固く絞られ、明里の身体からおびただしい蜜が溢れ出す。

「セックスしてから会社の人に会うの、恥ずかしいね」

「やだぁ……いや……」

嫌と言いながらも、明里のそこからは次々に熱い滴が垂れ落ちてくる。

「来週はキスマークだらけで会社に行ってくれるんだと思うと、興奮するよ」

明里は蕩《とろ》けた顔で首を横に振ると、恥じらうように顔を覆ってしまった。

一度絶頂した身体に、光は執拗に己の形を刻み込む。

明里はゆさゆさと胸を揺らし、されるがままになっていた。

「ここ触ったら気持ちいい？」

光は桃色に色づいた乳嘴《にゅうし》に手を伸ばした。

こりこりと硬くなったそこを摘まむと、弛緩していた明里の身体に再び緊張感が走る。

「あ、だ、だめ、そこ触っちゃ……んぁっ！」

ひくひくと痙攣《けいれん》していた隘路が再び強く絞り上げられる。

光が抜いて貫くごとに、明里の目から涙が溢れた。

「ひぃ……っ……ひぅっ、あぁんっ」

感じる声があまりに可愛すぎて、軽く意地悪したくなった。許してほしい。

「今日、お風呂入らないで待ち合わせに行く？」

「やだぁっ！」

「そうだよね、こんなにやらしい匂いさせながら外に行けないよね？」

光は明里の身体に抱きついた。

投げ出されていた明里の手が、爪痕だらけの光の背中に回る。

——ヤバい、最高。

光は明里の唇に唇を押しつけ、可能な限り激しく腰を叩きつけた。

明里が弱々しくシーツを蹴《け》る。

「あっ、あんっ、ひかるく……んっ……ん……！」

再びの絶頂感に襲われたのか、明里の下腹部が切なげにうねった。

「ごめんね、俺もいく」

コンドームが邪魔だと思いながら、光は思い切り吐精する。痛いほどに搾《しぼ》り取られながら、最後の一滴まで吐《は》き尽くした。

「ああ……あかりちゃん……」

光は繋《つな》がり合ったまま明里を抱きしめ、何度も小さな頭に頬ずりする。

ひたすらに明里が愛おしい。

愛おしさで頭も身体もぶっ壊れてしまいそうだ。

「俺にもキスマーク付けてよ、見えるところ、首筋とかに」

戯れにそう頼んだら、ぎゅっと背中をつねられてしまった。駄目らしい。

「じゃあお風呂入ろうか？」

「……もう挿《い》れない？」

腕の中で明里が尋ねてくる。

風呂では犯してくれるなと言っているのだ。

光は微笑《ほほえ》むと、明里の髪にキスをして答えた。

「挿れたくなるかもしれないけど、約束があるから自重するよ」

◆

どろどろに愛され溶かされた身体は、ひどく満たされていた。

——あのまま二人でのんびり過ごしたかった……かも。

それにしても光は絶倫すぎた。

この男はあまりはしゃがせてはいけないのかもしれない。外資系コンサルティングファームの社員の体力を舐《な》めてはいけなかった。

重い足取りで、明里は光と共に会社の一階にあるカフェに向かう。

「園井《そのい》さんはいい人だし、私を好きなわけじゃないからね」

念のため、光にはもう一度念を押す。

「うん……それは俺の耳で確認する」

光はまだ納得していないらしい。

それはそうだろう。ずっとこちらを『睨《にら》みつけていた』のであれば、ライバル宣言と受け止めても仕方がない。

——睨みつけていたんじゃなくて、光君を一途に見つめてたんだよ。多分、ううん絶対。

明里はどんよりした気分でうなずいた。

園井が何を言い出すのか気が気ではないからだ。

森ケ崎《もりがさき》にも言ったが、性別関係なく自分のパートナーが他人から告白される、というのは妬《や》けてしまうし気が重いのである。

約束したカフェの店内に入ると、そこにはすでに、きっちりと着飾った園井が待っていた。

――お洒落《しゃれ》している理由は深く聞かないでおこう。

明里は自分にそう言い聞かせ、園井に声をかける。

「こんにちは、園井さん、お待たせしました」

園井が腰を浮かし、立ち上がる。そしてなぜか光に向かって深々と頭を下げた。

「こんにちは、来生《きすぎ》さん。お会いできて嬉《うれ》しいです」

「いえ、こちらのほうこそお時間いただいて申し訳ありません」

なぜか二人は名刺を交換する。

光の手が触れた瞬間、園井の耳が真っ赤になったのを見逃さなかった。

――どうなる……の……！

固唾《の》を呑んで見守る明里のところにウェイターがやってきた。

「あ……じゃあコーヒーで……」

ブラックコーヒーを三つ頼むことになり、その後テーブルに沈黙が満ちる。

園井は光に見とれていて、光は深刻な顔で黙り込んでいる。明里は二人を見比べてオロオロしているだけだ。

このちぐはぐな沈黙を破ったのは、光だった。

「あの、俺は園井さんと俺の彼女が特別に仲いいのかなと思っていて、お話をうかがえたらと思ってお呼び出ししてしまいました。すみません」

「ああ……そうですね……綾瀬《あやせ》さんのこと、入社してきてすぐくらいからずっと好きでした。上司みたいなものなので、告白とかしたらパワハラに該当しちゃうかな、ってグズグズ悩んでて。でも綾瀬さんに恋人ができたと知ってからは、ちゃんと振っ切れたんです。これは本当です」

――嘘《うそ》！

明里は目を丸くする。

園井が自分を好きだったというのは今日この場で知った。

光が言うとおり、明里は『鈍い』のだ。改めてそのことを悟る。

――すみません。園井さんのこと、会社の先輩としか思っていませんでした。でもきっとそれは、園井さんが余計な悩みを私に抱かせないよう、気を遣ってくれていたからですよね。

明里は心の中で呟《つぶや》く。

園井はなんとも言えない笑顔を浮かべたまま話を続けた。

「吹っ切れた理由って言うのは、最近別に好きな人ができたからで」

もうここで『おめでとうございます』と言って、話を打ち切れたらどんなにいいだろう。

「そうなんですか。本当に好きな人ができたんですか？　実はまだあかりちゃんが好きだとか、そういうことはないですか？　あとからこじれて揉《も》め事になるのが嫌なんです。俺は本気であかりちゃんが好きなので、彼女を譲れと言われても絶対に譲りたくない」

明里の願いと裏腹に、光は止まらなかった。本気で『明里に横恋慕している』と思い込んでいるのだから仕方がないのかもしれない。

「綾瀬さんは魅力的ですから、心配されるのは痛いくらいに分かります。俺もどうして綾瀬さんに彼氏がいないのか不思議なくらいでしたし。でも本当に今は違うんです」

園井は真っ赤になっている。

「本当に違いますか？」

「違います」

「あの食品博覧会で俺のことをずっと睨んでいたのに？　あのあとすぐに別に好きな人ができたんですか？」

追求する光は冷ややかで容赦のない目をしていた。

一方の園井は目を潤《うる》ませて赤い顔をしている。

「光君、もうやめようよ」

いたたまれなくなって、明里は光を制止する。

「……そうですね……睨んでいたというか見てたというか……あまりにお綺麗《きれい》な方なので」

園井が首筋まで真っ赤になって、そう言った。

「え？」

ようやく彼の異変に気づいたのか、光が珍しくうわずった声を上げる。

「光さんがあまりにお綺麗な方なので、ずっと見てました。あの日から綾瀬さんのことは考えていないです」

――私、すごい微妙な立場に置かれてるな。

ずっと自分を好きだったという男が、ある日突然彼氏のほうを好きになってしまうなんて、なかなかできない経験である。

コメントしろと言われても何も言葉が出てこない。

明里はそっと光の様子をうかがう。彼もまた、硬直しているようだった。

――話が全部通じたかな。

「光君」

小さく名前を呼ぶと、光がはっと我に返ったようにまばたきをした。

「失礼。じゃあ園井さんがあかりちゃんを好きだというのは、俺の誤解なんですね」

「最近までは誤解じゃなかったんですけど、すみませんでした。えっと、俺、好きな二人が結ばれるというのであれば、応援する一択かな、って今は思っています」

遠回しな告白に、光が息を呑んだのが分かった。

園井は『光を好きになったが、明里のことを思って身を引く』と言ってくれている。そのことが完全に光にも理解できたに違いない。

「えっ……あっ……ありがとう……ございます……」

光が戸惑いもあらわに頭を下げ返す。

園井は優しい目つきで光を見つめながら、穏やかに言った。

「俺のほうこそ綾瀬さんを好きだ、なんて誤解させちゃってすみませんでした。今は本当に違うので信じてください」

「分かりました。俺のほうこそすみません。だけど俺はあかりちゃんが好きで、それは変わりません。そのことで会社でのあかりちゃんに不利益を与えたりしないでください」

光が妙な念を押す。

きっと光の心の中には、高校時代の『ヒカルくんに近づく綾瀬ぶっ飛ばす』『モブとしてなら接近を許す』という『法律』がまかり通っていた時代がまだ残っているのだ。

園井はそんなことをする人ではない。仕事ができる公平な先輩である。

そう思う明里の向かいで、園井もきっぱりと首を横に振った。

「それはありえません。綾瀬さんのこともとても好きでしたし。お似合いの二人だと認めているんです。今日だってお会いできてすごく嬉しかったんですよ。本来なら別の部署の同僚の彼氏なんて、気軽には会えないはずの人ですからね」

「え、あの、はい、そうかもしれないですね。失礼なことをお願いしてしまってすみません」

光が落ち着かない様子になる。早くこの場を去りたそうだ。一方の園井は名残惜しそうに光を見つめている。

「ああ、だけどこんなに格好いいのにノル＆アンダースン・カンパニー勤めだなんて、中身も有能なんだなぁ。ゾクゾクしちゃいますね」

「肩書きが立派なだけの社畜です」

「そんなことないです！　光さんはそこにいるだけで素敵《すてき》です。この前の博覧会でも一人だけスポットライトを浴びているかのようでしたよ。綾瀬さんがうらやましいな」

「ありがとうございます」

困り果ててうつむく光の様子を確かめ、明里はわざと明るい声を上げた。

「誤解も解けたことですし、コーヒー飲んで帰りましょうか」

「そうだな、本当にごめんな、綾瀬さん」

何を謝られているのだろうか。明里は何も気づかないふりで首を横に振り、光にもあえてあっけらかんと声をかけた。

「ね？　園井先輩が私を好きだなんて誤解だったでしょ？　大丈夫だよ」

他に掛ける言葉が見つからない。

「そうだね」

光が力なくうなずいた。

――今回のことは、光君に魅力がありすぎただけなんだって分かってほしいな。

明里はそう思いつつ、光の整いすぎた横顔を見つめた。

◆

「あのさ、あかりちゃん」

明里の自宅マンションへの道を手を繋《つな》いでたどりながら、光はおずおずと切り出した。

「なあに？」

「ごめん、俺が嫉妬で暴走しちゃったせいで、園井さんにも余計なことを喋《しゃべ》らせちゃったよな」

明里が無言で首を横に振る。

「最近までお前の彼女が好きだったけど、今は俺が好きだって言われて、どうしていいのか分からなかった」

明里が無言でうなずいた。

「あんな話、園井さんを差し置いて勝手に話せないって考えたあかりちゃんが正しいよ。なのに、俺が嫉妬深いせいで、事態を混乱させて申し訳なかった」

「嫉妬しなくて平気だよ。嫉妬するのはむしろ私のほうだもん。光君がモテちゃって仕方ないから、ずっとハラハラさせられそうだし」

明里の言葉に、光は慌てて小さな顔を覗《のぞ》き込んだ。

「それはない。断じてない。俺は浮気しない！」

どんなに人間が言い寄ってきても光の気持ちが明里から離れることはない。

『いっしょにひらがな、れんしゅうしよ』と微笑みかけてくれたあの日から、明里はずっと光の好きな人だった。

優しい明里が可愛くて愛しくて、どうしても振り向いてほしいと思い続けてきた。

「俺のモテは望んでいないところで炸裂するんだ。あかりちゃんにはガキの頃から全然好きだって伝わらないし、今回みたいに恋のライバルだと思った相手に……自分でも訳が分からないよ。お祓《はら》いにでも行けばいいのかな？」

「お祓いは、きりがないからやめたほうがいいと思うよ。光君がモテちゃうのは私も覚悟する。モテることを誇《ほこ》りに思うくらいでいいんじゃないかな？」

「誇りかあ。物珍しがられてるだけだと思って……うわっ」

突然脇腹をつつかれ、光は声を上げた。

「どうしたの、あかりちゃん！」

「認識を改めてください、王子様。光君は今日から自分のこと王子様だと思って生きて？」

「え、そんなの急に無理……」

戸惑う光に、明里がニコッと微笑みかけてくる。

「私は、王子様の光君に好かれたいもん」

予想外の言葉に光は目を見開いた。

そうだ、こんなに可愛い明里が好きだと言ってくれるのに、自分が髪振り乱して働くだけの社畜では駄目だ。

今まで『好きな人に釣《つ》り合う自分になる』なんて考えたことはなかった。

『容姿と経歴だけは褒《ほ》められるから、合格点はもらえるだろう』

『真面目《まじめ》に働いているから、収入面での足切りは免《まぬが》れるだろう』

そんなことばかりを考えて、自分をより良くする努力ではなく、明里になんとか好かれることしか考えてこなかったのだ。

「そうだよね、あかりちゃんの彼氏なら王子様が相応《ふさわ》しいよな。俺でどこまで行けるか分からないけど、目指してみる」

明里は優しい目で光を見つめ、桃色の唇を開いた。

「私もいい女になりたい。今日は園井さんがいい人だから応援してくれたけど、なんでお前が光君と？　っていろんな人に言われるのはやっぱりストレスだし」

明里の言葉に光は眉根を寄せた。

「そんなこと誰かに言われたなら教えて、俺がぶっ飛ばしに行くから」

光の言葉に、明里は微笑んだ。

「そんなことを言う人を『ぶっ飛ばす』のは私自身の仕事だよ、そうでしょ？　あ、もちろん叩《たた》いたりはしないけど、ちゃんと言い返すよ。合意の上で仲良くやってるんですって」

明里の眼差《まなざ》しは真剣そのものだった。光の背筋も自然と伸びる。

そうだ。二人の間にある恋を守れるのは、自分の強さだけなのだ。

光も明里のように強くならねばならない。

逃げ回っていた『黒茸』に戻ってはいけないのだ。

「俺も、俺に度を超した干渉をしてくる人を、ちゃんと自分の力で追い払おうと思う。なんとなくコツが掴《つか》めてきてるんだ、もう避《さ》けたり逃げたりしないって約束する」

光はそう言って、明里の小さな手を取る。

指切りをしながら光は言った。

「約束。俺はあかりちゃんと末永く一緒にいます」

言い終えたあとにぎょっとする。

「あ、これじゃプロポーズみたいだね、ごめん、あの、そんなんじゃないっていうか」

「違うの？」

透き通る声がそう尋ねてきた。

光は顔が痛いほどに赤らむのを感じながら、無意味に袖で顔をこする。

「えと……あの……プロポーズはしたかったけど……もっと格好良くしたかったかな、ごめん、今のはただの本音」

「じゃあ私も」

明里が強く小指を巻きつけ返してくる。

「私は光君と末永く一緒にいたいです。だからずっと光君を大事にします」

明里の笑顔は幼い頃と変わらず、優しく透明感に溢れていた。

『撮影して保存したい』と願うことさえ忘れるほどに綺麗な笑顔だ。

光の心が明里の笑顔に吸い寄せられていく。

離れられない。絶対に。一生。

そう思いながら光はもう一度、明里と絡め合った小指に力を込めた。

「俺もあかりちゃんのこと、絶対、一生大事にする。俺と結婚してください」

明里が笑顔のままうなずく。光は慌てて付け加えた。

「ご……ごめん……あの……先走っちゃった……。今度めちゃくちゃ凝ったセッティングでプロポーズし直していい？　レストランとか全部予約して指輪も……」

「一番大事な物は今もらったよ」

「えっ？」

「光君の本音。だから私も本音をあげる。大好き、ずっと一緒にいようね」

その瞬間、世界のすべてが止まった。

人通りがあることも忘れ、光は明里を思い切り抱きしめる。

周囲の人がちらちらと振り返るが構わなかった。

「ありがとう、あかりちゃん……ありがとう……」

少しだけ涙が出てしまった。

嬉しい。付き合ってくれると言われたときより嬉しい。

綺麗と言われても賢いと言われても、自分だけは『みんな』からつまはじきだと思っていた。

だけど明里が寄り添ってくれるなら『みんな』などいなくても大丈夫だ。

不定型な『みんな』に交わることなど後回しでいい。

まずは最愛のお姫様の王子様にならなくては。

自分が持っているあらゆるものを武器にしなくては。

そう思いながら光は、明里のさらさらしたまっすぐな髪にキスをした。


翌月曜日の出社時、パワーブレックファストを終えた光のもとに鈴加《すずか》が突撃してきた。

ひどく残忍そうな、してやったりと言わんばかりの顔をしている。

「父が来生さんと話をしたいそうですわ！　私を脅《おど》してコンサルタントの単価を上げさせようだなんて言語道断だって！」

そう来たか、と光は思った。

「俺に脅されて金の話をしたと、お父様にお話しなさったんですね」

「そうですわ！」

この女は馬鹿で浅はかだ。臭い煙のような嫌悪感が心に湧き出す。

「いいですよ、じゃあ社長のところに行きましょう、何も後ろ暗いところはありませんから」

薄笑いを浮かべると、鈴加がずかずかと歩き出す。

背後からおずおずと声がかかった。斎川《さいかわ》土地開発の社員の男性だ。

「あの、来生さん、大丈夫ですか？」

「何か言われたら、私たちも鈴加さんにお邪魔されていたと証言しますから」

側《そば》にいた女性もそう擁護してくれた。

彼らは光が鈴加に粘着されている様をずっと見ている。一方的に光が悪いはずはないと、そう思っているに違いない。

光を遠ざけてるはずの『みんな』に案じられ、光の心に温かな灯がともった。

——そっか、遠巻きにギャアギャア言う人たちばっかりじゃなくて、ちゃんと俺を心配してくれる人だっているんだよな。俺、視野狭窄《きょうさく》に陥《おちい》りやすいから気をつけなきゃ。

「大丈夫ですよ」

光は微笑みかけると、鈴加のあとについて社長室に向かった。さっそく『明里の王子様』としての小手調べの始まりだ。

社長は不機嫌そうにゴルフクラブを磨いている。

「くだらない説教で私の時間を取らせないでもらいたい」

光は無言でただ『お説教』の続きを待つ。

「聞いているのか、鈴加を脅してコンサルティングフィーの増額を頼むとはどういうことだ」

「俺はどんな手段で鈴加さんを脅したのですか？」

光は社長の顔を見て、まっすぐに尋ねた。

「俺がどんなふうに鈴加さんを脅したのか教えてください。興信所まで雇って俺のことを調べ回っている大企業の社長令嬢を脅す方法なんて、想像もつきません」

光を睨みつけていた社長が、鈴加に言った。

「鈴加、お前の口から説明しなさい」

「ひっ……あの……それは……コンサルティングフィーを増額しなかったら、私に暴力を働くって言ったじゃないですか！」

光は容赦なく尋ねる。

「こんなに人目があるオフィスのどこで、貴女《あなた》に暴力を働くんですか？」

「家よ！　貴方の家！」

「なぜ暴力を振るわれるのに、貴女はのこのこ俺の家に来るんです？」

その問いと同時に、社長が大きくため息をつくのが分かった。

もう、娘の論理がめちゃくちゃなことは分かっているのだろう。

それでいてあえて、光になすりつけられる罪がないか探すために呼び出したに違いない。どちらにせよ腹に据《す》えかねる。

「脅されているからに決まっているでしょうっ！　貴方は私を脅迫したのよ！」

光は大きくため息をついた。

「俺は自宅ではなく、会社の借り上げたホテルに暮らしてますから、女性を連れ込んだら記録が残りますし、会社に報告されてしまいます。そんな場所で二人きりで貴女とは会いません。それに」

光は社長を一瞥《いちべつ》して言った。

「脅されているなら、真っ先にお父様にお話しすればよかったのでは？　今日のようにすぐに動いてくださるではありませんか」

「ちが……っ……！　私、本当に貴方に脅されているのよ！」

案の定、思いつきで行動している鈴加には、なんの策もないようだ。

「第一、貴女を脅しても俺には何もメリットがないんです。だって俺の給与は月額固定給で、いくらコンサルティングフィーを増額してもらっても、懐《ふところ》には一円も入りませんから。残業代さえ出ないのに」

実際は『コンサルティングフィーの増額』に貢献すれば、人事査定にプラスの影響が出る。豊崎《とよさき》社長もそのくらいは分かっているだろう。

だが光の今の目的は、鈴加に尻尾を出させることだ。

「え……あ……そんな……じゃあどうして私にあんなことを頼んだの！」

鈴加がふらりと後ろによろけた。社長は黙って光を見つめている。

「俺が頼んだことって、なんですか？」

「コンサルティング・フィーの増額よ！」

そうだ。確かにそう言った。だが証拠はない。いくらでも言い逃れできる。

「頼んだ覚えがありません」

「嘘《うそ》！　メリットがあるなら私と付き合ってくれると言ったじゃないの！　お父様を動かせたら、私のことを好きになってくれるって約束したでしょう！」

ずいぶんと脳内で約束が膨《ふく》らんでいるようだ。病気だな、と心の中で切り捨てる。

「ですから、俺は一円も得しないので、そんなことは頼みません」

「私はノル&アンダースン・カンパニーで働いている人と結婚したいの！　容姿だって一番いい人じゃなきゃ嫌！」

「すみません、俺は恋人がいるので、鈴加さんの要望にはお応えしかねます」

鈴加が耐えられないとばかりに声を張り上げる。

「あの貧乏人のことでしょ！　あんな格下の女と比べられるなんて冗談じゃないわ！」

「……どの女の子のことを言っていますか？」

光はあえてにこやかに問う。鈴加が凍りついたのが分かった。

「何人かいるので、名前で教えてください。鈴加さんが『貧乏人』で『格下』だと言っているのはどの子のことですか？」

森ケ崎《もりがさき》あたりが聞いたら『黒茸《きのこ》のくせに』と腹を抱えて爆笑しそうだな、と思いながら、光は『遊び慣れた男』のふりを貫く。

青ざめていた鈴加が、震え声で答えた。

「し、知らないわよ……私はあんたのことなんて、もうどうでもいいんだから……ッ！」

「そうですか、どうでもいい俺に対して『脅された』だの『暴行される』だの、嘘を言いたい放題でしたね。録音させてもらいましたので、今後はお慎みください」

光はわざとため息をつき社長に尋ねる。

「私はお嬢様を『脅した』のでしょうか？」

「録音とやらは消してもらえるのかね？」

社長が目を合わせずに尋ねてくる。

「今後の対応次第です」

「ならば何も変わらない。娘が勘違いして騒いでいるだけだ。黙るよう言い聞かせよう」

これで鈴加は『お父様』の威光を笠に着て、光に付きまとうことはできなくなった。

「分かりました。では今回の録音にはなんの意味もありませんでした、ということで」

光はにこやかに答える。録音など本当はしていない。社長は最後まで目を合わせようとせず、ゴルフクラブを磨きながら大きく嘆息した。

「……お騒がせしたね。仕事に戻りたまえ」

「ありがとうございます。失礼します」

そのとき、光の背中に向けて鈴加が叫んだ。

「あんたみたいな嘘つき、お父様に首にしてもらうんだから！」

「鈴加、お前もいい加減にしろ。社外の人間にまで恥を晒《さら》すな！」

親子喧嘩《げんか》が聞こえてくる社長室の扉を閉め、光は心の中で鼻歌を歌いながらその場を後にした。

これまでの光なら、一刻も早くこの現場から去ることだけを考えていただろう。

だが今は違う。

勝手に周囲がおかしくなるなら、いっそ堂々と『魔性の男』を演じ続ければいいのだ。

――俺の恋人になるとか言い出すヤツがいたら『七番目だけどいい？』って聞き返してみようかな。

光の口元に薄い笑みが浮かぶ。明里の前では一生見せない笑顔だ。

この先は、ノル＆アンダースン・カンパニーの本社に掛け合って日本法人への移籍を願い出て、日本で暮らしながらここで働き続けるつもりだ。

そうすれば明里と離れずにすむ。

自分は『何も悪くない』のだから、『黒茸』だった頃のように逃げ回る必要などない。

時には嘘も武器に、魔性の男とやらになりきって、堂々といたい場所に居座り続けよう。

エピローグ

六月下旬。気温が上がってきた土曜日の午後、明里《あかり》は新居の片付けをしていた。

光《ひかる》と一緒に暮らすために借りた家だ。

都心に近くかなり高額な家賃だが、光は『払える範囲だから大丈夫だよ』と言っている。

明里はこの部屋に一昨日引っ越してきて、必死に片付けをしているところだった。

光と、来月婚姻届を出す。

彼自身はノル&アンダースン・カンパニーの北米法人所属だったところを日本法人に移動することになり、今はアメリカの自宅に戻っている。

そちらを片付けてアメリカでの賃貸契約を解約し、大事なものだけを持って戻ってくるらしい。

周囲に『結婚する』と報告したのは先月だ。

明里の両親も光の両親も、諸手を挙げて賛成してくれた。

母は喜びのあまり調子に乗り『いつ光君と結婚するのか待ってた！』と叫《さけ》んでいたほどである。

光がアメリカから家に帰ってくるのは今日だ。

飛行機移動は慣れているらしく、アメリカ滞在はたったの三日だった。

――トンボ帰りで疲れないかな。大丈夫かな。

荷解きをほぼ終えて顔を上げると、そろそろ光が帰ってくると言っていた時間だった。

明里が家を見回したとき、玄関の鍵が回る。

いつまで経っても見慣れないほどに美しい男が、半袖のサマーニット姿で家に入ってきた。

キャリーバッグとデイパックが一つずつの軽装だ。

――ちょっと会わなかっただけなのに、異様に綺麗《きれい》に見えるから不思議。

明里はぼんやりと光に見とれたまま言った。

「おかえり」

「ただいまあかりちゃん、ありがとう、部屋片付けてくれて」

真っ先にねぎらってくれる光に、明里は微笑《ほほえ》みかける。

「ほとんど私の一人暮らしの荷物だよ。家具はこれからゆっくり探そうね」

「うん」

洗面所で手を洗ってきた光が、明里の唇にキスしてくれた。そしてひょいと手を取ると、明里の指に指輪をはめる。

それは、大粒のダイヤの指輪だった。

あまりダイヤモンドに詳しくない明里にも『石が大きい』ことくらいは分かった。それがとても透明で、品質がいいものだと言うことも。

「結婚指輪と同じサイズのエンゲージリング、買ってきちゃった」

「え？　いいのに！　新しい家のお金とか、全部光君に出してもらったんだよ!?」

慌てる明里の手にキスをして、光が言う。

「あかりちゃんがそう言うからサプライズにしたんだ。だって一生に一度、結婚前にしか贈れない指輪なんだし、これだけはプレゼントさせて」

蕩《とろ》けるように優しい顔で言われては、それ以上『いらない』と意地は張れない。

明里は黙って指輪に目をやった。虹色の輝きが目にまぶしい。光が選んでくれたデザインは、大きく出っ張っていなくて引っかかりもなく、つけやすかった。

「ありがとう」

「結婚指輪が届いたら重ねづけしてよ」

甘い声でねだられて、明里は頬を染める。

「う……うん……光君は区役所に婚姻届を出したらすぐに結婚指輪はめたいんだよね？」

「そう。俺は結婚してるぞ！　嫁さんがいるぞ！　って周囲にアピールしまくりたいから、絶対即行はめる」

光の言葉に明里は噴《ふ》き出す。

「明後日くらいには指輪の完成連絡が届くと思うよ」

笑いながらそう教えると、光がぎゅっと明里を抱き寄せた。

「あかりちゃん、俺と一緒になってくれて本当にありがとう」

「ううん、私のほうこそありがとう、って気持ちでいっぱいだよ。光君てば料理も上手だし、掃除もぱぱっと片付けちゃうし、私こそ何か力を発揮しなきゃって焦《あせ》ってるもん」

「俺、コンサル会社勤務だから作業が早いんじゃないかな?」

明里の顔中にキスしながら光が脳天気な声で言う。

「絶対嘘《うそ》、勤め先は関係ない。光君が家事能力高すぎるだけだよ。でも私も負けないからね」

明里はそう答えて、光の広い背中に手を回した。

腕の中にいる大好きな人と、これからは新しい人生を作り上げていくのだ。

夫の顔が良すぎて日々大変なことになる予感がするが、その都度うまくスルーして頑張ろう。

そう思いながら、明里は光に言った。

「これからもずっとよろしく、光君」

あとがき

初めまして、栢野すばると申します。

このたびは拙著『幼なじみの顔が良すぎて大変です。執愛ストーカーに捕らわれました』をお手にとってくださり、ありがとうございました。

このお話では、魔性の男であるヒーローがモテまくります。

誰もが好きになってしまう魔性のモテ男が、ヒロインしか愛さなかったらどうなるか……というお話です。

モテモテの高嶺の花&大人しい女の子の初恋成就ラブコメ、楽しく書かせていただきました。


今回の表紙は唯奈先生に描いていただきました。可愛い！　なんて可愛い二人なんだ！　と大興奮です。ありがとうございます！

担当様、色々とご指導いただきまして、本当にありがとうございました！

最後になりましたが、お手にとってくださった読者の皆様、本当にありがとうございます。

拙著が少しでも息抜きになれば、これ以上嬉しいことはありません。

それでは、皆様どうかより良い読書ライフを！

ルネッタ🄻ブックス

オトナの恋がしたくなる♥

どれだけ感じているか、
見ているのは俺だけだ

結婚願望ゼロ女子、社長の溺愛に陥落!?

ISBN978-4-596-42756-4　定価1200円＋税

不本意ながら、社長と同居することになりました

YUKARI USAGAWA

宇佐川ゆかり

カバーイラスト／壱也

社長秘書の莉子が出張から戻ると、家が燃えていた——。なりゆきでイケメン社長の高梨の家に居候することになったけど、彼はひたすら莉子を甘やかしてくる。「こうされるの、好きだろ？」耳元で囁かれる淫らな言葉と甘やかな愛撫に蕩ける莉子。ワケあって結婚や恋愛を避けてきたのに、高梨に惹かれる気持ちは止められなくて……!?

原稿大募集★

ルネッタブックスでは大人の女性のための恋愛小説を募集しております。
優秀な作品は当社より文庫として刊行いたします。
また、将来性のある方には編集者が担当につき、個別に指導いたします。

小説募集

・男女の恋愛を描いたオリジナルロマンス小説（二次創作は不可）。
商業未発表であれば、同人誌・Web上で発表済みの作品でも応募可能です。

応募要項

パソコンもしくはワープロ機器を使用した原稿に限ります。原稿はＡ４判の用紙を横にして、縦書きで40字×34行で110枚～130枚。用紙の１枚目に以下の項目を記入してください。用紙の２枚目に800字程度のあらすじを付けてください。プリントアウトした作品原稿には必ず通し番号を入れ、 右上をクリップなどで綴じてください。商業誌経験のある方は見本誌をお送りいただけるとわかりやすいです。

注意事項

応募方法は必ず印刷されたものをお送りください。
CD-Rなどのデータのみの応募はお断りいたします。

イラスト募集

・ルネッタブックスではイラストレーターを随時募集しております。
発行予定の作品のイメージに合う方にはイラストをご依頼いたします。

応募要項

イラストをデータでお送りください（人物、背景など。ラブシーンが描かれているとわかりやすいです。印刷を目的としたカラーデータ、モノクロデータの両方をお送りください）

漫画家募集

・ルネッタコミックスでは漫画家を随時募集しております。
ルネッタブックスで刊行している小説を原作とした漫画制作が基本ですが、オリジナル作成の制作をお願いすることもあります。性描写を含む作品となります。ネーム原作ができる方、作画家も同時募集中です。

応募要項

原稿をデータでお送りください（人物、背景など。ラブシーンが描かれているとわかりやすいです。印刷を目的としたカラーデータ、モノクロデータの両方あるとわかりやすいです）。オリジナル作品（新作・過去作どちらでも可。また他社様への投稿作品のコピーなども可能です）、同人誌（二次創作可）のどちらでもかまいません。ネームでのご応募も受け付けております。

★応募共通情報★

応募資格

年齢性別プロアマ問いません。

応募要項

小説・イラスト・漫画をお送りいただく際に下記を併せてお知らせください。
①作品名（ふりがな・イラストの方はなければ省略）／②作家名（ふりがな）
③本名（ふりがな）／④年齢職業／⑤連絡先（郵便番号・住所・電話番号）
⑥メールアドレス／⑦イラスト、漫画の方は制作環境（使用ソフトなど）
⑧略歴（他紙応募歴等）／⑨サイトURL（pixivでも可・なければ省略）

応募先

〒100-0004
東京都千代田区大手町1-5-1　大手町ファーストスクエア
イーストタワー19F　株式会社ハーパーコリンズ・ジャパン
「ルネッタブックス作品募集」係
E-Mall/ **lunetta@harpercollins.co.jp**　ご質問・応募はこちらまで。

注意事項

お送りいただいた原稿は返却いたしません。あらかじめご了承ください。
採用された方のみ担当者よりご連絡いたします。
選考経過・審査結果についてのお問い合わせには応じられませんのでご了承ください。

Lunetta

ルネッタブックス

幼なじみの顔が良すぎて大変です。

執愛ストーカーに捕らわれました

2023年6月25日　第１刷発行 定価はカバーに表示してあります

著　者　栢野すばる　©SUBARU KAYANO 2023
発行人　鈴木幸辰
発行所　株式会社ハーパーコリンズ・ジャパン
東京都千代田区大手町 1-5-1
03-6269-2883（営業部）
0570-008091　（読者サービス係）

印刷・製本　中央精版印刷株式会社

Printed in Japan ©K.K.HarperCollins Japan 2023
ISBN978-4-596-77452-1